Une troublante invitée

BELLA FRANCES

Une troublante invitée

AZUR

HARLEQUIN

Collection : Azur

Titre original :
DRESSED TO THRILL

Ce roman a déjà été publié en 2016

HARPERCOLLINS FRANCE
83-85, boulevard Vincent-Auriol, 75646 PARIS CEDEX 13
Service Lectrices — Tél. : 01 45 82 47 47 - www.harlequin.fr
ISBN 978-2-2804-5599-2 — ISSN 0993-4448

Composé et édité par HarperCollins France. Achevé d'imprimer en janvier 2021.
par CPI Black Print - Barcelone - Espagne
Dépôt légal : février 2021.

FSC
www.fsc.org
MIXTE
Papier issu de sources responsables
FSC® C159065

Pour limiter l'empreinte environnementale de ses livres, HarperCollins France s'engage à n'utiliser que du papier fabriqué à partir de bois provenant de forêts gérées durablement et de manière responsable.

1.

Tara se considérait comme une dure, une vraie. Dure au mal, dure à la tâche, dure en affaires. Elle était ravie de lire dans les médias le récit de ses triomphes, et prête à tout pour se hisser le plus haut possible dans l'univers impitoyable de la mode. Ce soir, à l'apogée d'une saison tout entière vouée au glamour, elle avait le sentiment que sa nature sauvage rayonnait comme un corps peint en fluo sous les éclairages d'une boîte de nuit à la mode.

— Mais qu'est-ce que je vais faire ? gémit Fernanda, assise à côté d'elle.

Le pied du top model battait nerveusement la mesure sous la table à côté des siens. Tara tira de son sac sa mini-trousse de maquillage et entreprit de se remettre du rouge à lèvres tant qu'elle était encore en état de le faire.

— Tout se passera bien, chuchota-t-elle sans cesser d'examiner son reflet dans le petit miroir.

Le trait épais d'eye-liner était encore parfait — ou presque. Elle regrettait de ne pas avoir essayé plus tôt ce look dément.

— Je suis certaine qu'il ne va pas tarder à rappliquer, murmura la voix tremblante de la jeune Espagnole. Et s'il me voit… Je lui ai raconté que je rentrais directement à la maison !

Tara referma l'étui de son rouge à lèvres. Son regard se posa sur le délicieux visage de Fernanda, le mannequin le plus sexy qu'on ait vu arpenter les podiums ou enflammer les tabloïds depuis dix ans. Sa crinière brune dissimulait complètement l'un de ses yeux. Sa minijupe de soie fuchsia ne cachait rien de ses interminables cuisses.

Tara pointa vers elle son tube de rouge.

— Il faut arrêter. D'abord, tu ne sais même pas s'il va venir. Ensuite, s'il vient, ce qui est sans doute préférable, il faut que tu l'affrontes. Dis-lui de te lâcher et de cesser de se comporter comme un macho autoritaire et insupportable.

Elle examina ses dents pour y déceler la moindre trace de rouge.

— Ce n'est pas comme si tu faisais quelque chose de mal, Fern, reprit-elle. Après tout, ce n'est qu'une fête d'après défilé.

— Tu ne comprends pas. Mon frère, Michael, c'est le chef de famille. S'il me trouve ici, il…

Elle s'interrompit pour mimer un étranglement.

— Eh bien, il devra comprendre que de nos jours, pour travailler dans la mode, il faut faire sa propre promotion : accepter d'être vue, photographiée, embrassée…

— Mais je suis sa petite sœur, Tara. Et il a horreur de tout ça. Il voudrait que je fasse des études de comptabilité. Pour lui, les mannequins n'ont pas de cervelle et les stylistes sont tous des imposteurs.

Tara referma son sac d'un geste un peu plus sec qu'elle ne l'aurait voulu. Elle n'ignorait rien de Michael Cruz, mâle dominant, frère de Fern et grand macho devant l'Eternel. Dix heures plus tôt, tandis que sa sœur présentait de façon sublime les robes de sa collection printemps-été, le bellâtre était assis au premier rang, arborant l'air renfrogné d'un homme qui s'ennuie ferme.

Ce qui ne l'avait pas empêché d'être la cible privilégiée des photographes. Sur les sites de mode, on ne voyait déjà que lui dans son costume merveilleusement coupé, avec sa mâchoire virile et son rictus d'ennui profond. Heureusement, son autre sœur, Angelica, assise elle aussi au premier rang, avait fait preuve d'un réel enthousiasme et avait même déclaré qu'elle demanderait à Tara de dessiner sa robe de mariée.

— Fern, ma chérie, nous avons travaillé dur. Nos carrières ne font que démarrer. Pour moi, cette fête est aussi importante que le défilé. Pour toi aussi, d'ailleurs, surtout qu'il va falloir remettre ça dans deux semaines à Paris. Alors, si jamais ton frère vient, on lui dira d'aller se faire cuire un œuf. D'ici là, dansons et essayons d'occuper le plus de place possible devant les objectifs. Allez !

Elle prit la jeune Espagnole par la main pour la forcer à se lever. La silhouette de celle-ci, tout en longueur, contrastait avec ses propres courbes. « La fille la plus dodue de la mode. » Elle en avait déjà tellement entendu… Parfois, ça faisait mal, mais elle avait compris depuis longtemps que, même en vivant de légumes et d'eau fraîche, jamais elle ne se débarrasserait de ses rondeurs voluptueuses. Alors, autant s'en servir et mettre en valeur son décolleté, tout en dissimulant son petit ventre.

Maintenant que l'élite de la mode commençait à manifester son intérêt pour son travail, elle s'était fixé pour but d'investir la presse généraliste. D'où cette robe provocante dans le style « Marilyn rencontre Madonna », mais peut-être avait-elle eu tort de se faire photographier en train de monter dans une limousine. La photo en montrait un peu trop et risquait d'apparaître dès le lendemain matin sur tous les écrans. Peu de chances qu'elle plaise au clan Devine dont les filles étaient censées se résigner et se taire — deux qualités que Tara n'avait pas reçues en partage.

Le DJ changea et la musique devint plus sombre. Fernanda se dirigea vers la piste en compagnie d'un beau gosse. Tara s'éloigna vers un groupe de célébrités plus âgées, prenant au passage une coupe de champagne sur un plateau. Elle tenait surtout à éviter de se faire harponner par Dutch Ronnie, un financier qui s'était engagé à la soutenir mais hélas l'homme le plus ennuyeux du monde.

Soudain, tous les visages se tournèrent du même côté. Le temps parut se figer et le prototype du mâle alpha arrogant, Michael Cruz en personne, fit son apparition sur la moquette rouge…

Les éclairs des flashes zébrèrent l'espace et Michael Cruz détourna légèrement la tête, l'air excédé, la silhouette superbement bâtie et proportionnée. Une main sur la hanche, il écartait négligemment sa veste, laissant entrevoir une chemise de soie d'un blanc éclatant. Il se retourna pour prendre l'objet que lui tendait un de ses gardes du corps et le glissa dans sa poche. Puis il examina les visages des gens qui l'entouraient, comme s'il cherchait quelqu'un…

Son regard sombre tomba sur Tara, dont le cœur se mit à battre la chamade en le voyant se diriger vers elle, les yeux fixés sur sa poitrine. Instinctivement, elle croisa les bras pour la dissimuler. Il lui fit face, et ses yeux descendirent vers ses jambes. Soudain, au milieu du crépitement des appareils photo et des gens qui le hélaient, il tourna brusquement les talons avec un sourire méprisant et dominateur, comme s'il lui donnait congé.

Tara sentit son visage et son cou s'empourprer — une sensation qu'elle avait trop souvent éprouvée pendant son adolescence. Cela l'irrita plus encore : comment avait-il pu oser ? Elle fit un pas dans sa direction pour lui dire ce qu'elle pensait de lui et de son costume sombre, beau mais triste à mourir. Au cœur de la ville la plus créative du monde et de l'événement le plus excitant de la saison, s'il avait voulu manifester un évident mépris vis-à-vis de ceux qui n'étaient pas des conservateurs purs et durs comme lui, il ne se serait pas habillé autrement.

Elle pesta intérieurement contre ce chouchou des médias, un braconnier devenu garde-chasse pour qui la définition de l'art était aussi étroite que sa morne cravate. Pour lui, avoir une fortune familiale et le bras long valait mieux que n'importe quel don véritable. Comme pour lui prouver qu'elle avait raison, il fut immédiatement assailli par une petite bande de filles ricanantes qui exhibaient leurs membres maigrichons. Son visage s'illumina et il en prit deux par le cou. Leur coquetterie effrontée et leurs gloussements mirent les nerfs de Tara à vif.

— Tara, *querida* ! Je suis si contente de te revoir.

Elle se retourna et aperçut le troisième membre du « Club Cruz », Angelica, élégante, experte en médias, cliente de rêve et déesse du style. Elles se firent la bise, puis Tara jeta un regard de défi en direction de Michael. Il s'en aperçut et ne chercha pas à cacher qu'il avait perçu le message, mais préférait rester au centre de son cercle d'adoratrices.

— Laisse-moi t'admirer, Angelica, tu es toujours si belle, dit-elle en faisant un pas en arrière pour mieux contempler sa réussite. Tu portes merveilleusement cette toilette. Quel dommage que ton frère cultive le style « homme d'affaires assommant » !

En souriant, Angelica la prit par le bras pour pénétrer dans la salle.

— Michael n'apprécie pas ce genre de manifestation, mais il sait en tirer les bénéfices, dit-elle en jetant un regard amusé à son frère. Cela flatte son ego de voir toutes ces jolies filles et si peu d'hommes pour s'occuper d'elles. Enfin, d'hommes qui aiment les femmes…

Tara acquiesça. Effectivement, la pièce regorgeait d'hormones féminines. Dans ce microcosme, même les hommes faisaient assaut de coquetterie, sourcils épilés et bronzage aux UV. Ceux qu'avait connus Tara étaient plutôt du genre branché-dépressif et ils appartenaient au passé. Sa dernière vraie relation, avec un musicien sensible aux yeux maquillés, remontait à ses années de fac. A présent, elle privilégiait le champagne, les investisseurs et, par-dessus tout, les médias. Tant pis pour sa vie privée !

— Je me demandais si tu avais aperçu Fernanda.

Même si la voix d'Angelica demeurait sereine, Tara crut y déceler une pointe d'inquiétude.

— Je la croyais à la maison, mais peut-être est-elle venue te rejoindre ici ? reprit son amie.

Tara jeta un regard à la ronde. Cela faisait un certain temps qu'elle n'avait plus vu Fern.

— Oui, elle est ici, elle est venue danser un peu. Mais en voyant arriver Michael, elle a dû aller se cacher dans les toilettes. Tout à l'heure, elle a failli craquer à la simple idée qu'il la trouve ici.

Angelica l'entraîna vers la piste tout en souriant à la ronde. Au passage elle prit deux coupes de champagne sur une table.

— Il se juge responsable d'elle. Pour lui, cela n'a pas été facile de se retrouver tuteur de deux orphelines.

Tara se souvenait vaguement de cette histoire. Michael Cruz avait dû interrompre une carrière bien engagée à la fois de mannequin, acteur et présentateur quand sa mère et son beau-père s'étaient tués dans un accident de voiture. Du jour au lendemain, le fêtard invétéré était devenu sérieux, silencieux et sobre. Tara se souvint de ce que disait sa grand-mère irlandaise : « Les jeunes traînées font les vieilles nonnes. »

— Pour lui, reprit Angelica, le monde de la mode est avide, cruel et stupide. Cela vient d'une mauvaise expérience, dans sa jeunesse. Il faut que tu le voies pour le tranquilliser ; et surtout, que nous parlions de ma robe.

Les mots mêmes que Tara rêvait de l'entendre prononcer.

— Quand tu veux. Je ne pars à Paris que dans une semaine.

— Magnifique, répondit Angelica d'un air distrait. Mais d'abord, il faut retrouver Michael. Essaie discrètement de l'accaparer pendant que je ramène Fernanda à la maison.

D'un signe de tête, elle désigna sa jeune sœur qui, debout sur la piste, embrassait à pleine bouche son beau gosse tout en bougeant au rythme charnel des basses. Sans doute sous l'effet de quelques verres, elle semblait avoir dit un adieu définitif à ses inhibitions. Angelica leva les yeux au ciel.

— S'il s'aperçoit qu'elle a bu, il va être furieux…

Pour sa part, Tara pensait que la meilleure solution aurait plutôt été d'exfiltrer Michael, mais elle pressa la main de son amie.

— J'y vais.

Elle n'était pas mécontente de lui apporter son aide. Le seul problème étant de réussir à communiquer avec ce mâle alpha dominant. Elle ne se sentait pas grand-chose en commun avec cette ancienne idole de l'Espagne branchée, qui ne parlait plus que le langage des banquiers. Peut-être ferait-elle mieux de l'agripper pour l'entraîner dans une danse du ventre… A en croire les rumeurs, il maîtrisait aussi cette langue-là, et peut-être réussirait-elle à capter son attention suffisamment longtemps pour que les deux sœurs réussissent à s'échapper.

Elle n'eut aucun mal à repérer Michael et sa troupe de groupies, qui continuaient à papillonner du regard en direction du photographe du club. En voyant un couple de modèles prendre la pose à côté de lui, elle eut l'impression qu'il n'avait plus tellement envie de jouer à ce petit jeu. Mais son sourire était aussi éblouissant que celui de ses sœurs et, durant un instant, Tara resta immobile, fascinée par tant de beauté virile.

Puis il aperçut Angelica et son expression devint plus chaleureuse. Peut-être, en définitive, avait-il un cœur ? Il la salua affectueusement, puis la rejoignit pour la guider à l'écart d'une main possessive, vers le bar.

Tara était sur le point de lâcher l'affaire quand il se retourna. Enfin, pas complètement mais à demi et, comme s'il faisait l'aumône à un pauvre, il lui fit signe de les rejoindre. Mais pour qui se prenait-il ? Toutes les femmes qui le croisaient tombaient-elles vraiment à ses pieds ? Pas elle, en tout cas, sûrement pas ! Les autres pouvaient bien rêver de lui, pour elle, il était un monstre.

— Tara, je te présente Michael, mon frère. Je ne crois pas que vous vous soyez déjà rencontrés.

« Du calme, surtout, du calme. Ne le laisse pas prendre le contrôle. Ne te comporte pas comme une idiote », s'exhorta-t-elle. Elle leva sa coupe et but une longue gorgée. Michael Cruz lui adressa un demi-sourire indulgent et, lentement, lui tendit la main.

— Très heureux de faire votre connaissance.

Avec précaution, elle posa sa coupe sur une petite table et se tourna vers lui.

— Mon défilé n'a pas vraiment eu l'air de vous passionner. La mode féminine n'est pas votre tasse de thé ?

Il ne devait pas être habitué à ce qu'une femme entame d'emblée les hostilités, car il marqua un temps d'arrêt. Mais il se reprit vite et lui serra la main de façon fort courtoise. Poignée de main ferme et virile. Très, très virile… Il la toisa d'un regard combatif avant de lui lâcher la main.

— Vous avez entièrement raison. Cette semaine, j'ai assisté à un certain nombre de défilés et je ne dirai pas que je n'ai pas mieux à faire de mon temps.

— Cela rapporte pourtant des millions à notre économie,

déclara Tara d'une voix aussi sucrée que la tarte qu'elle aurait aimé lui plaquer sur le visage.

Un visage d'une beauté… Pommettes hautes, menton bien dessiné, des yeux en amande au regard impénétrable, des lèvres pleines, qu'on ne pouvait s'empêcher d'imaginer en train de donner du plaisir. Dangereux, ô combien…

Elle s'efforça de remettre ses pensées sur le droit chemin.

— Beaucoup de gens ignorent tout ce qui est en jeu dans la création d'une robe, poursuivit-elle en lissant doucement la sienne, attirant le regard de Michael sur ses hanches.

— Nous étions tous deux très excités à l'idée d'assister à ton défilé, Tara, fit la voix douce d'Angelica. Tes modèles sont merveilleusement dessinés, et tu as le corps qu'il faut pour les mettre en valeur.

Cette intervention avait dissipé l'électricité qui emplissait l'air.

— Un corps en forme de sablier, continua la jeune Espagnole, alors que j'ai lu récemment que nous sommes toutes en train de nous transformer en rectangles. Vous imaginez ça ? Des lignes droites. Plus la moindre taille. Rien d'étonnant à ce que tu sois la vedette de la semaine, chérie. Toutes les brindilles aimeraient te ressembler. Et toi, Michael, tu ne la trouves pas adorable ? Tiens, justement, voilà un photographe. Prends-la donc par le bras. Parfait.

Angelica vint se placer de l'autre côté de Tara. Avec un petit sourire un peu narquois, mais surtout chargé de sensualité virile, Michael la prit par le bras. Elle avait beau détester la barbe de trois jours qui ombrait son visage, elle frémit bien malgré elle en sentant qu'il la prenait par la taille pour l'attirer à lui. Il la maintint fermement, comme s'il avait le droit de l'exposer à l'avidité du photographe, et de la tenir de si près qu'il déclenchait des frémissements dans tous ses membres. Les gens pouvaient-ils deviner ce qu'elle ressentait ? Depuis quand se laissait-elle manœuvrer comme une marionnette ? Cette simple idée la hérissait. Et elle était écœurée que Michael Cruz, qui avait resserré les doigts sur sa taille de façon peu équivoque, puisse produire sur elle pareil effet.

Michael était convaincu que les muscles de son visage n'allaient pas tarder à être pris de crampes. Après une pareille journée, cette horrible soirée était bien la dernière chose dont il avait envie. Hélas, il avait si peu l'occasion de voir Angelica qu'il acceptait d'endurer ce supplice du moment que cela faisait plaisir à sa petite sœur. Il ne s'était pas attendu à affronter cette Miss Dominatrice de poche, Tara Devine, avec sa réputation de fêtarde, ses courbes de pin-up des années 1950 et son manque évident de sang-froid.

Mais l'important, se dit-il en scrutant la salle bondée, c'était que Fernanda avait eu assez de bon sens pour renoncer à venir, Dieu merci. Elle avait tenu parole et était rentrée à la maison. Bien qu'elle l'ait supplié de l'autoriser à défiler cette semaine, elle avait dû conserver un peu de ce bon sens qu'il avait passé les seize dernières années de sa vie à lui inculquer. Elle était trop jeune et trop naïve pour fréquenter les êtres stupides et corrompus qui peuplaient cet univers sans intérêt. Jamais il ne l'autoriserait à gaspiller la raison et l'intelligence dont elle était douée. Comme dans toutes les soirées de ce genre, il y avait pléthore d'alcool et de drogue. Sans parler des prédateurs qui ne rêvaient que de prendre sa sœur dans leurs filets.

Il jeta un coup d'œil à la petite bombe sexuelle qu'il avait sous le bras et qui semblait s'épanouir dans ce contexte — il trouvait d'ailleurs très révélateur que ses sœurs la trouvent si « sympa ». Certes, elle avait un look bien à elle — chevelure d'un blond flamboyant agrémentée de mèches bizarres et relevée en choucroute, maquillage outrancier. Absolument pas son genre. Quant à ses déjà célèbres seins, ils semblaient jaillir littéralement de leur écrin de satin ivoire. Il laissa son regard s'y attarder. Après tout, il était un homme…

Angelica avait raison : cette fille avait une taille de guêpe. Et des hanches d'une douce rondeur, agréablement soulignées par sa robe. Cette allure lui rappelait quelqu'un ; quelqu'un de très féminin, très sexy. Elle le regardait de ses grands yeux bleus soulignés d'un trait épais. Il n'avait encore jamais vu de lèvres si charnues et appétissantes.

— Fernanda est un merveilleux mannequin, murmura-t-elle. Elle a un potentiel international. Je lui ai proposé un autre défilé. A Paris. Dans deux semaines.

Immédiatement la brume se dissipa dans le cerveau de Michael. Si Fernanda s'imaginait qu'il allait de nouveau lui laisser la bride sur le cou, elle se trompait. Il avait exceptionnellement accepté de déroger aux règles établies, mais pas question qu'elle entame une carrière dans ce secteur alors qu'elle avait les capacités de faire de sa vie quelque chose d'utile !

Il se pencha pour murmurer à l'oreille de Tara Devine :

— Dans ce cas, vous feriez mieux d'annuler. Car ma sœur ne travaillera plus pour vous, ni dans deux semaines ni jamais, chuchota-t-il en souriant.

Elle se raidit contre lui, puis frémit de tout son corps.

— Je ne sais pas ce qu'elle vous a raconté, reprit-il toujours à voix basse, mais elle a mieux à faire que marcher de long en large affublée de vêtements qui seraient plus à leur place dans un asile.

— Dites donc, vous vous prenez vraiment pour le Grand Manitou, rétorqua Tara du coin de la bouche sans cesser pour autant de sourire aux photographes.

Dans la salle, les hommes ne parvenaient pas à

détacher les yeux des courbes hallucinantes de la jeune styliste. En souriant, elle se tourna vers lui pour lui caresser la joue.

— Qu'est-ce qui vous fait si peur ? Qu'elle y prenne vraiment plaisir ? lui chuchota-t-elle à l'oreille.

Sa bouche lui effleura la joue et sa poitrine se pressa contre son bras. Quel jeu jouait-elle ? Michael décida qu'elle méritait une bonne leçon. Il la prit par le poignet et lui ramena le bras derrière le dos, ce qui eut pour effet d'accentuer la pression de sa poitrine contre lui. Elle poussa un petit soupir, tandis qu'il laissait son regard s'attarder sur sa peau soyeuse. Le décolleté de sa robe était si profond et le peu qu'il couvrait si charmant que l'atmosphère lui parut soudain plus lourde. Cette scène suscita l'intérêt d'une caméra de télévision, qui se fixa sur eux.

— Chers amis, commença Tara en fixant l'objectif, le *señor* Cruz vient de nous prouver qu'indéniablement il s'intéresse à Devine Design, des vêtements faits pour de vraies femmes qui possèdent de vrais corps. Vous savez tous que j'ai passé une excellente semaine. Un type super cool comme Michael oublie parfois les bonnes manières, mais on lui pardonne, parce qu'il ne le fait pas exprès.

Tout en saluant, elle tendit les bras vers Angelica, qui souriait de toutes ses dents, et vers lui. En entendant ce petit discours, Michael ne put retenir un sourire. Visiblement, il l'avait vexée. Toujours la même histoire : les plus effrontées en apparence étaient au fond les plus susceptibles. Très bien, mais il ne lui donnerait plus l'occasion de rejouer cette petite comédie devant des caméras.

— Angelica, à force de tenter de suivre toutes ces conversations hautement intellectuelles, ironisa-t-il, je crains d'avoir la migraine. La voiture sera là dans cinq minutes. Cela te donne-t-il le temps d'en finir ici ?

Angelica s'arrêta net de rire avec son amie pour observer la salle.

— Tout à fait, Michael, répondit-elle d'une voix un peu tendue. Attends une seconde. Je vais vous chercher à boire, à Tara et à toi.

A boire ? Avec Miss Dominatrice ? Il allait protester, mais sa sœur avait déjà filé. Il fut soudain frappé, comme ça lui arrivait de temps en temps, de voir à quel point sa silhouette ressemblait à celle de leur mère — même port majestueux et même talent de diplomate. Alors qu'il avait un côté bulldozer, elle réglait tout discrètement et en douceur. Il se demanda ce qu'elle pouvait bien avoir en tête.

— Où est Fern ? demanda-t-il à Tara.

Elle le fixa de ses immenses yeux bleu marine avant de hausser les épaules.

— Aucune idée.

Elle prit une coupe de champagne sur le plateau d'un serveur et en avala une bonne gorgée. Les femmes qu'il avait l'habitude de fréquenter ne buvaient pas autant.

— Vous avez soif ? l'asticota-t-il.

— Je m'ennuie, déclara-t-elle en lui jetant un regard en coin, après avoir trempé de nouveau les lèvres dans sa coupe. Toutefois, si j'étais en meilleure compagnie, je pourrais passer un agréable moment.

— Vraiment ? Et que lui reprochez-vous donc, à cette compagnie ?

— Je ne suis sûrement pas la première à vous reprocher vos manières exécrables.

— Votre avis sur mes manières m'importe peu.

Il s'était toujours montré fort courtois avec les femmes. Sa mère n'exigeait pas grand-chose de lui, mais ça… Le problème était que cette fille semblait se glisser sous sa peau, ce qui le démangeait terriblement.

Tara avala ce qui restait de champagne dans sa coupe, et il crut qu'elle allait s'essuyer la bouche d'un revers de main, comme dans les westerns d'après-guerre. Cette Tara Devine était loin d'être une *lady*, mais elle avait du caractère. Après tout, cette fête allait peut-être se révéler plus passionnante qu'il ne l'avait imaginé…

— Et moi, je commence à me lasser de votre ego surdimensionné et de votre costume triste à pleurer, décréta-t-elle.

Elle fut interrompue par un groupe de jeunes femmes piaillantes, qui entourèrent Michael.

— De toute évidence, tout le monde ne partage pas votre opinion…

Trop jeunes, trop imbibées, mais pleines de charme, songea-t-il en se laissant flatter et caresser. Immobile à côté de lui, Tara Devine tourna la tête et sortit son téléphone. Il vit son visage changer brusquement de couleur et elle fourra l'appareil dans son sac.

— Je vais me chercher un autre verre, lui dit-elle.

Il lui jeta un coup d'œil surpris.

— Que se passe-t-il ? Vous avez reçu un texto qui vous enjoignait de vous montrer plus aimable ?

Elle lui adressa un sourire forcé.

— Pas du tout. Je pense simplement qu'il serait agréable de prendre un verre, mais si vous êtes tellement occupé, conclut-elle avec un signe du menton en direction des groupies.

— Personnellement, je préfère m'en passer, mais que ça ne vous empêche pas de vous amuser. Je vais chercher ma sœur. Il est temps que nous laissions la place à ceux qui ont vraiment plaisir à être ici.

— Allons, juste un petit verre ! Je suis certaine qu'Angelica ne va pas tarder à revenir.

— J'en suis convaincu moi aussi. Mais je l'ai assez attendue.

— Vous trouvez ? Elle a bien le droit de s'amuser, protesta Tara en désignant les groupes joyeux qui bavardaient, riaient, buvaient et dansaient autour d'eux.

Des fêtes de ce genre, Michael en avait déjà vu tellement, d'un bout à l'autre de la planète… Autrefois, il avait même vécu cette vie-là.

— *S'amuser ?* Peut-être vous amusez-vous ici, mais pas moi. Nous ne sommes guère compatibles, on dirait…

— C'est ce que vous croyez. Pourtant, nous n'aurions aucun mal à trouver une distraction qui nous plairait à tous les deux…

Il se tourna vers la styliste et la dévisagea longuement, étonné. Lui faisait-elle des avances, après s'être montrée si hostile ?

— Qu'avez-vous exactement en tête ?

Il la vit rougir. Avec son maquillage et ses cheveux, cette fille était une vraie caricature, même si elle avait quelque chose… Il ne parvenait pas à mettre le doigt dessus. Peut-être une sorte d'énergie ou de sensualité débordante. Des femmes, il en avait connu beaucoup ; et pourtant, il n'arrivait pas à ranger celle-ci dans une catégorie précise. Pas question de s'éterniser ici avec elle, mais cela pouvait expliquer qu'Angelica se soit entichée d'elle.

— Ce que j'ai en tête ? Il est un peu trop tôt dans la soirée pour que je puisse le dire.

— Vous avez réponse à tout, mademoiselle Devine, répondit-il sans pouvoir s'empêcher de sourire.

Elle lui sourit en retour, avec plus de naturel cette fois, et Michael eut soudain envie de découvrir l'authentique beauté dissimulée sous ce maquillage.

Non ! Il était célibataire et, au moins jusqu'à ce que Fern soit casée, il le resterait. Même si les femmes savaient parfaitement qu'il avait pour ainsi dire choisi de se faire enlever chirurgicalement la zone sentimentale, chacune de ses conquêtes espérait être l'élue capable d'inverser ce processus. Dommage qu'elles n'arrivent pas à comprendre qu'il préférait cette vie-là : ni mensonges, ni doutes, ni culpabilité. Seulement du sexe, où et quand il en avait envie. Mais pas ce soir. Quelque chose chez cette Tara Devine déclenchait en lui des signaux d'alarme qu'il avait toujours écoutés.

— Hélas, il est trop tard pour moi, déclara-t-il. Je ne saurai donc jamais ce que vous aviez en tête. Je vous laisse à vos plaisirs.

Quant à savoir où était passée sa sœur… Tout cela commençait à l'agacer sérieusement.

— Angelica reprendra contact avec vous ultérieurement, reprit-il. C'était très… intéressant.

Michael prit Tara par l'épaule et se pencha pour l'embrasser. Son parfum subtil. La douceur de sa peau. Les rondeurs de ses seins fabuleux contre lui. Il laissa ses lèvres s'attarder sur sa joue une seconde de trop pour un baiser purement platonique et ses doigts se crispèrent sur l'épaule de la jeune femme. De l'autre bras, il la prit par la taille pour l'attirer à lui. Il éprouva soudain l'envie de poser la main sur ses fesses pour la plaquer contre lui. Son corps était tendre et souple. Il voulut lui embrasser l'autre joue, mais leurs bouches se rencontrèrent.

Tara Devine… Si sexy…

Lorsque Michael s'écarta, elle le fixa droit dans les yeux d'un regard presque innocent. De nouveau, il se dit qu'elle était meilleure actrice qu'il ne l'avait cru.

— Oui, c'était… charmant de vous rencontrer, dit-il.

Elle avait le souffle court et faillit trébucher. Il lui prit le coude pour l'aider à se stabiliser.

— Vous ne préférez pas l'attendre ici ? demanda-t-elle. Je suis certaine que votre sœur ne va pas tarder à arriver.

— Non. Je suis de plus en plus convaincu qu'il se passe quelque chose. Amusez-vous bien.

Il sortit son téléphone pour confirmer à son chauffeur qu'il arrivait. Il avait fait preuve d'assez de patience.

2.

Tara s'agrippa à une table chargée de verres vides tout en regardant Michael Cruz disparaître dans la foule. Elle aurait voulu lui courir après, encore étourdie par ce baiser pourtant si fugitif.

Autour d'elle la fête battait son plein : bruit assourdissant, lumières pulsées, sourires et regards effrontés. Seigneur, que lui arrivait-il ?

— Hé ! Tara ! Tu veux boire quelque chose ? lui lança Johnny, qui finissait de ranger ses vinyles.

Avant d'accepter l'invitation de son ami DJ, elle avait une mission à accomplir : récupérer le Grand Manitou et l'occuper pour laisser le temps à Angelica d'exfiltrer sa jeune sœur.

— Je reviens, Johnny.

Avec un léger tintement, un texto s'afficha soudain sur le téléphone qu'elle venait de sortir de son sac à main :

> Michael t'attend dans sa voiture. Je lui ai dit que je rentrerais de mon côté avec un couple d'amis. Je vais d'abord ramener Fern chez moi, puis je te rejoindrai chez lui. Un grand merci pour l'avoir occupé. Bises. Angelica

« Bises » ? Elle n'avait pas envie de « bises » ! Ce qu'elle voulait, c'était faire la fête. Mais les sœurs Cruz étaient si gentilles que ça n'allait pas la tuer d'en rater une petite heure. En revanche, elle s'apprêtait à se jeter dans la gueule du loup. Des types qui vous regardaient comme ça, qui vous embrassaient comme ça et, pire, qui se comportaient comme ça ne couraient pas les rues.

La voiture devait l'attendre devant le club. Elle hâta le pas en direction de la cage d'escalier en faisant attention à ne pas trébucher. Mieux valait éviter de se faire photographier en train de tomber aux pieds de Michael Cruz…

L'air frais la fit frissonner. A moins que ce ne soit la vue de ce type superbe adossé avec nonchalance à une berline aux lignes épurées. Il lui fallait bien reconnaître qu'il avait le look.

Il la vit, ouvrit la portière arrière et lui fit signe de monter. Trop poli pour être honnête, et trop heureux sans doute de pouvoir traiter les femmes comme des animaux de compagnie. S'il s'attendait à ce qu'elle lui fasse la fête comme un petit chien, il allait être déçu. Toutes les années qu'elle avait passées dans la contrainte et la peur lui avaient appris à aboyer et à mordre.

— Vous ? Mais je m'attendais à voir Angelica, mentit-elle.

— Je me ferai un plaisir de vous conduire jusqu'à elle.

Sous ses cuisses, Tara perçut la fraîcheur du cuir. Et sur sa gauche, à quelques centimètres de la sienne, la jambe de Michael Cruz. Il lui jeta un regard de côté, avant de poser négligemment le bras sur le dossier de la banquette, au-dessus des épaules de Tara. Puis la voiture démarra au milieu d'une cohorte de taxis.

— Si je suis venu ce soir, c'est pour voir Angelica, reprit-il. En ce moment, nous avons du mal à nous croiser : elle vit essentiellement à Londres et moi à Barcelone, à cause de Fernanda et de mon travail. Elle ne va pas tarder à nous rejoindre.

Il se mit à la dévisager de façon si intense que Tara faillit détourner la tête. Il déplaça légèrement la jambe droite, qui vint effleurer la sienne. Elle croisa les jambes et regarda droit devant elle.

— En fait, ça ne me gêne pas du tout d'être avec vous, dit-elle en se tournant vers lui avec un petit sourire.

Même s'il n'était pas trop son genre, ce mâle était une véritable œuvre d'art, attirant en diable et indéniablement grand séducteur. Mais elle n'était pas assez bête pour s'y laisser prendre.

— Pourtant, vous semblez tendue et anxieuse.

C'était exactement ce qu'elle ressentait. En pire. Et elle avait quitté la plus belle fête de la saison pour ce tête-à-tête dont ils n'avaient ni l'un ni l'autre vraiment envie.

— Croyez-moi, je vais m'en sortir, ironisa Tara.

— J'en suis convaincu. Vous avez l'air d'une dure à cuire.

Il la fixait comme une proie.

— En tout cas, de n'importe quel piège que vous pourriez me tendre, répliqua-t-elle, bravache.

Le regard de Michael Cruz s'éclaira et il lui sourit tandis que la voiture prenait de la vitesse, traversant successivement des zones sombres et des zones éclairées. Sa bouche avait pris une moue narquoise. Entre eux, la tension était revenue, presque palpable. Il fallait qu'elle se ressaisisse, mais elle eut soudain l'impression qu'elle avait depuis longtemps quitté sa zone de confort. La zone où, normalement, elle se sentait protégée des hommes.

— Vous êtes une personne très intéressante, Tara.

Elle eut l'impression qu'il l'avait prise par le menton et la forçait à tourner la tête vers lui, alors que ses mains étaient toujours posées sur ses genoux. Qu'est-ce qui la poussait d'instinct à se plier à la volonté de cet homme ? Heureusement, chez elle, c'était le cerveau qui commandait, et elle savait parfaitement s'y prendre avec les séducteurs dans son genre.

— On me l'a déjà dit.

— Pourtant, j'ai le sentiment que vous ne vous connaissez pas très bien vous-même.

Elle serra les dents. Quelle arrogance !

— Cette remarque paternaliste ne mérite même pas que j'y réponde.

— Je suis certain que vous n'allez pas tarder à le faire.

Elle se redressa sur son siège. Il la fixait, un sourire suave aux lèvres.

— Vous ignorez tout de moi !

Elle voulut détourner la tête, mais n'y parvint pas, prise au piège. De nouveau, elle avait l'impression d'être noyée dans un brouillard d'émotion et d'incertitude.

— C'est bien ce que je disais : vous êtes une personne très intéressante, mais vous ne vous connaissez pas vous-même. Sinon, vous ne combattriez pas l'attirance qui de toute évidence nous lie l'un à l'autre.

— Votre ego surdimensionné vous pousse à croire que toutes les filles qui montent dans votre voiture rêvent que vous les embrassiez.

— Non. Mais vous, vous en avez envie, décréta-t-il.

— Parce que vous m'avez embrassée tout à l'heure et que je ne vous ai pas flanqué une baffe ? Ce n'est pas pour autant que j'ai envie que vous recommenciez.

— Vous n'en avez *vraiment* pas envie ?

La voiture venait de s'arrêter. Les yeux de Michael Cruz continuaient à briller dans la pénombre.

— Absolument pas.

Il ne fit pas un geste, mais sa présence restait toujours aussi intense. Même s'il lisait en elle à livre ouvert, Tara serait morte plutôt que de le reconnaître. Et pourtant, elle était dévorée par l'envie de sentir ses lèvres sur les siennes. Une sensation délicieuse pulsait entre ses cuisses. L'air semblait s'être épaissi. Décidément, elle était bien loin de sa zone de sécurité…

Michael sortit pour lui ouvrir la portière et lui tendit la main. Elle l'ignora et fit un pas dehors. Cela faisait longtemps qu'elle ne s'était pas retrouvée si sobre ni si troublée à cette heure — depuis qu'elle avait enfin compris qu'hédonisme et ambition n'avaient rien d'incompatible, en fait ; depuis qu'elle avait systématiquement brûlé tous les ponts qui la rattachaient encore à l'esprit trop étroit de son Irlande natale. Qu'importait si sa famille la méprisait, si des gens comme Michael Cruz trouvaient insupportables ses campagnes de marketing : d'autres les trouvaient mémorables.

D'un revers de main, elle lissa sa robe, puis ses cheveux, en se demandant de quoi elle pouvait bien avoir l'air — rouge baveux et regard de panda ?… Mais peut-être était-ce sa meilleure arme de défense ?

Sans cesser de l'observer, il attendait devant l'entrée, sous les yeux du portier en faction. La voiture s'éloigna et Tara eut l'étrange impression qu'ils étaient déjà entrés des milliers de fois dans cet immeuble du XIXe siècle, lui en costume noir et elle en robe ivoire.

Elle avait besoin de boire un verre car elle se sentait incapable de le regarder ou d'échanger le moindre mot avec son compagnon. Quand l'ascenseur s'immobilisa à l'étage, elle sortit et le suivit en silence. Il lui ouvrit la porte de son appartement et lui fit signe d'entrer. En y pénétrant, elle fut surprise de ne pas y trouver ce qu'elle attendait — parquet, cuir et métal — mais des tapis aux riches couleurs et des chaises tapissées de soie.

Elle allait faire un commentaire quand elle entendit la porte se refermer doucement. Elle devina la présence de son hôte juste derrière elle. Combien de temps allait-elle devoir rester seule avec lui avant qu'Angelica arrive, avec ou sans sa petite bande d'amis londoniens ? En boîte de nuit, il était facile d'*occuper* quelqu'un, mais dans un espace aussi vaste et désert que celui-ci… Soudain, son assurance s'évapora.

— Champagne ? A moins que tu ne préfères quelque chose de plus fort ? dit-il, la tutoyant soudain, comme s'ils avaient franchi un cap dans l'intimité.

Il entra dans l'espace ouvert du salon et déposa sa veste sur un canapé. Un peu plus loin, elle aperçut la salle à manger, meublée d'une immense table et de chaises Arts déco recouvertes de satin brillant. Elle avait besoin de « quelque chose de plus fort ».

— Qu'as-tu à m'offrir ?

D'un air entendu, il se dirigea vers le bar.

— Tout ce qui peut te faire plaisir. Un Mount Gay ? proposa-t-il en brandissant une bouteille.

Evidemment, le rhum le plus cher du marché…

— Que veux-tu avec ? ajouta-t-il.

— Euh… Sers-le-moi *on the rocks*.

— Tu te sens nerveuse ?

— Pardon ? Tu t'imagines qu'une malheureuse styliste sans éducation comme moi redoute de se frotter aux aristocrates nés dans le luxe comme toi ? Tu crois que je doute de moi ? Ridicule ! Sans compter que tout ce que tu as, je l'aurai un jour. A tous les coups.

Sans la quitter du regard, il se dirigea vers elle, un sourire innocent aux lèvres, le verre de rhum à la main.

— A tous les coups ? répéta-t-il, railleur.

— Ça suffit, maintenant. Tu n'as qu'une idée en tête : me faire sortir de mes gonds.

Il se mit à rire, un rire franc et sans artifices. Soudain, Tara fut totalement détendue.

— Personne ne peut t'accuser de dissimuler ce que tu as sur le cœur, dit-il. C'est très rafraîchissant, je dois le reconnaître.

— Toi aussi, je te trouve très rafraîchissant, lança-t-elle en choquant son verre contre celui de Michael.

Elle avala une gorgée en se demandant comment elle avait pu se fourrer dans une pareille situation. Quelques heures plus tôt, elle aurait volontiers étranglé ce monstre, et voilà que maintenant elle lui trouvait l'air de plus en plus humain.

— Tu as de la musique ? demanda-t-elle pour masquer son trouble.

— Bien sûr. Viens choisir ce qui te plaît.

Elle le suivit, fascinée par son corps viril et élégant. Un sportif, sans aucun doute. Des fesses parfaites. S'ils avaient été en boîte de nuit, elle y aurait volontiers passé la main. Elle avait déjà fait pire…

Il lui tendit son portable pour qu'elle consulte les chansons qu'il avait en mémoire. Il avait bon goût, nota Tara, mais il lui aurait fallu une petite formation supplémentaire. Elle sélectionna un standard et les basses remplirent l'espace. En se retournant, elle vit que Michael contemplait son téléphone en fronçant les sourcils. Il le posa sur le bar avant de river ses yeux noirs aux siens. Que lui arrivait-il pour qu'elle se sente à ce point exposée sous ce regard ?

— Tout va bien ? demanda-t-elle.

— Oui, mais je n'ai aucune nouvelle d'Angelica. Tu en veux un autre ? s'enquit-il en désignant son verre vide.

— C'est délicieux.

Elle le suivit vers le bar en roulant des hanches au rythme de la musique. Elle se sentait bien, même si elle n'avait jamais adoré ce genre de soirée intime. Ce qu'il lui fallait, c'était beaucoup de monde, beaucoup de musique et la gueule de bois le lendemain. Mais il y avait quelque chose de confortable à observer Michael Cruz vaquer chez lui et remplir des verres, avec cette allure si sexy.

— Tu viens souvent à Londres ? demanda-t-elle, curieuse.

— Une ou deux fois par mois. Dès que Fern étudiera ici à la fac, j'ai l'intention de m'y réinstaller.

Tara ouvrit la bouche et la referma. Pour une fois, peut-être valait-il mieux garder son opinion pour elle. Après tout, les histoires de la famille Cruz ne la regardaient pas.

— A ta santé, dit-il en trinquant avec elle.

Tara baissa les yeux, évitant de le regarder. Bizarrement, elle était sûre qu'il devinait son trouble. Il se mit à rire et posa son verre, avant de se rapprocher d'elle. L'atmosphère devenait de plus en plus électrique.

— Je préfère ne pas trop te regarder, parce que ça me fait tout drôle, avoua-t-elle.

— Comment ça, tout drôle ?

Michael referma la main sur celle de Tara qui tenait son verre et le lui fit poser sur la table. Elle se laissa faire. Du bout des doigts, il lui effleura la joue. Elle ferma les yeux en frémissant. Elle décida de lâcher prise. La situation lui échappait.

Il la prit par la nuque pour l'attirer à lui. Tara posa les mains sur son torse, dont elle perçut la musculature, exactement comme elle l'avait imaginée. Quand la bouche de Michael trouva la sienne, elle poussa un court gémissement avant de se laisser aller à son baiser passionné. Sans cesser de l'embrasser, il la fit reculer.

— Ta peau est tellement tentante, murmura-t-il entre deux baisers.

Ses doigts descendirent lentement sur son bras nu tandis qu'elle caressait sa joue ombrée d'une barbe naissante. Un parfum boisé emplit ses narines. Il la prit par la taille. Ses mains allaient se poser bientôt sur ses seins, elle le savait, elle en avait très envie.

— S'il te plaît, caresse-moi, dit-elle d'une voix rauque.

Michael posa une main sur chacun de ses seins et se mit à les masser doucement. A travers le satin, il en agaça du pouce les mamelons, avant de les rouler entre ses doigts. Des vagues successives de plaisir montaient en elle. Son partenaire ne lui avait pas demandé son avis, mais il lui donnait ce qu'elle voulait. Il la souleva et la transporta dans une chambre, où il la remit sur ses pieds.

— Enlève ta robe.

L'injonction, plutôt rude, sonna aux oreilles de Tara comme un chant de sirène. Après en avoir défait les boutons et la fermeture à glissière, elle fit glisser sa robe sur ses hanches. Désormais, plus rien n'aurait pu l'arrêter. Il fallait que ces grandes mains si fortes fassent leur chemin sur sa peau, où leurs doigts éveillaient des ondes brûlantes.

— Tu es tellement sexy, chuchota-t-il.

Il s'écarta un instant, tandis qu'elle essayait en vain de déboutonner sa chemise de ses doigts tremblants. Les pointes de ses seins étaient dressées sous la dentelle de son soutien-gorge. Son string dissimulait à peine son intimité. Et le regard de Michael posait des pointes de feu sur sa peau déjà brûlante.

Jamais encore elle n'avait été à pareille fête. Et ça lui plaisait. Elle dévora du regard le large torse aux muscles impeccables, y laissa courir les doigts et la bouche, humant, goûtant et léchant. Lorsque Michael ôta son pantalon, elle resta bouche bée devant son imposante érection. Elle ne put s'empêcher de s'agenouiller pour la prendre dans sa main, avant d'y poser les lèvres.

Il la souleva, la porta sur le lit et lui enleva son string. Dressée sur les coudes, Tara le fixait droit dans les yeux. Il la prit par les chevilles pour lui écarter les jambes, avant d'y plonger la tête pour la déguster, lui mettant le corps en feu. Elle se cabra. Il lui prit le bras pour l'arrêter.

— Attends ! lança-t-il.

Il replongea vers son sexe qui pulsait de désir. Le brasier en elle redoubla d'intensité. Elle contempla le spectacle charmant de cette tête brune nichée entre ses cuisses. Soudain, un orgasme la souleva et lui fit presque perdre conscience. Elle poussa un cri, submergée par les vagues de volupté qui déferlaient sur elle.

La bouche de Michael revint prendre la sienne. Il lui prit les poignets, qu'il lui fit passer derrière la tête. Elle dégrafa son soutien-gorge, tandis qu'il enfilait un préservatif. Elle avait hâte de le sentir en elle.

Comme il ne la pénétrait pas suffisamment vite à son goût, elle tenta de rouler au-dessus de lui.

— Rallonge-toi, Tara ! Sur le dos.

Elle obéit. Il se glissa très profond en elle. Elle gémit comme un chiot et ils bougèrent en rythme sans se quitter du regard.

A chaque poussée du bassin, il déclenchait en elle une onde de plaisir.

— Tu aimes ça, Tara ? murmura-t-il. Cette attirance entre nous, tu la sens bien, maintenant ?

Peu lui importait qu'il ait raison ou pas, qu'il triomphe, du moment qu'il provoquait en elle de pareilles sensations. Elle se hissa vers lui pour l'embrasser. Alors, il la fit rouler à califourchon au-dessus de lui. Sans le quitter des yeux, elle arqua le corps. Quelque chose d'énorme, de puissant, prenait possession d'elle, de ses nerfs, de sa chair, et ce séisme intérieur lui faisait presque peur. Jamais elle n'avait éprouvé autant de volupté. Un nouvel orgasme la cueillit comme un coup de poing au plexus. Elle crut que son cœur explosait dans sa poitrine. C'était trop intense. Trop fort.

Tara ferma les yeux et laissa retomber la tête. Au bout d'un moment, Michael poussa un long soupir. Sans doute le signe qu'elle devait s'écarter de lui. Il était toujours aussi gros en elle et c'était terriblement bon. Elle s'allongea à côté de son amant. Retour à la réalité, dans la pâle lumière d'une aube d'automne. En silence. Ils avaient couché ensemble. Donc plus question pour lui de la regarder ou de lui parler, songea-t-elle, dépitée. Pour lui, elle n'était qu'une passade de plus.

Par la fenêtre sans rideaux, Tara contemplait le paysage londonien. Elle s'y attardait pour l'imprimer dans son esprit : les formes et les couleurs du ciel et la ligne des toits, les ponts et les tours magnifiés par la lumière du levant.

— Tu devrais te rhabiller, dit finalement Michael.

— Oui.

Il restait couché, beau et arrogant. Absolument pas son genre…

— Ne te fâche pas, mais Angelica et ses amis ne vont sans doute pas tarder à débarquer. Il vaudrait mieux que nous soyons en état de les accueillir.

— Je vois. Je vais m'habiller, mais auparavant, j'aurais bien fait un petit détour par la salle de bains, dit-elle d'une voix un peu aigre.

C'était bien la pire conversation post-coïtale qu'elle avait jamais eue ! Ce type était un monstre. Pourquoi était-elle venue ici ? Pour rendre service à des filles qu'elle connaissait à peine ? Certes, elle éprouvait à leur égard une certaine solidarité, voire un début d'amitié avec Angelica, et elle était contente d'avoir pu les aider à contrer ce Grand Manitou.

Un Grand Manitou à la réputation sexuelle légendaire, contre lequel elle n'avait pas esquissé la moindre défense. Pourquoi s'était-elle laissé entraîner dans cette histoire ? Qu'est-ce qui lui avait fait croire qu'elle avait la capacité émotionnelle d'y résister ? Elle avait besoin de règles et de limites, elle le savait. Elle était capable de flirter, de provoquer, mais quand elle allait plus loin, elle avait tendance à trop s'investir. Néanmoins, malgré son cœur d'artichaut, elle dissimulait bien ses sentiments. Michael Cruz ne retiendrait d'elle que le cynisme de ses propos.

— La salle de bains est là, dit-il avec un geste de la main.

Il se leva. Tara s'efforça de ne pas se laisser impressionner par son corps, mais ce type était hors norme. Dommage que sa personnalité soit beaucoup moins attirante que son enveloppe charnelle.

Elle cherchait l'interrupteur quand il surgit derrière elle et alluma.

— Merci, dit-elle en tentant de refermer la porte sur elle.

Hélas, Michael pénétra dans la salle de bains et s'approcha d'elle. Elle eut un léger frisson, attirée par la chaleur qui émanait de lui, mais ne se laissa pas aller quand il la prit dans ses bras. La peau dorée du bel Espagnol faisait un contraste saisissant avec sa propre carnation de Celte, si claire ; malgré ses rondeurs, Tara se sentait magnifiquement adaptée à la minceur de son corps viril. Toutefois, elle résista, furieuse de ce qui venait de se passer — elle s'était comportée avec cet hidalgo comme toutes les femmes stupides et banales qui croisaient sa route.

Elle baissa les yeux vers la bague de sa grand-mère, qu'elle portait suspendue au cou au bout d'une chaîne. Un petit talisman d'amour qu'elle touchait chaque jour et qui lui procurait de la force. Elle le serra entre ses doigts.

— Si tu permets, j'ai besoin d'un peu d'intimité, dit-elle d'un ton sec.

Après lui avoir ramené derrière l'oreille une mèche de cheveux qui lui tombait sur le visage, il souleva la chaîne d'un air interrogateur. Elle ne dit rien.

— Bien sûr, répondit-il avant de l'embrasser lentement, tendrement. Comme tu voudras. Tu es si belle…

Du doigt, il suivit la ligne de son bras, de l'épaule au poignet, avant de sortir et de refermer la porte.

Dans le miroir, Tara observa les ravages provoqués par

leur fougueuse étreinte sur son maquillage et ses cheveux. Cela accentuait sa ressemblance avec sa mère, et elle en était malade.

Quand Tara finit par ressortir de la salle de bains, Michael devait avoir pris une douche ailleurs car l'atmosphère sentait à la fois l'après-rasage et le café.

— Toujours pas de nouvelles d'Angelica ? s'enquit-elle.

Il hocha négativement la tête.

— Non. Apparemment, elle a changé ses plans. Café ?

Elle refusa d'un signe. Elle s'apprêtait à zapper l'*after* chez Johnny pour rentrer se mettre au lit. Michael lui tournait le dos, et elle ne put empêcher ses yeux d'observer la façon dont ses muscles jouaient sous le tissu.

— Elle a dû passer chez elle et décider d'y rester. Mais je ne vois aucun appel en absence sur mon téléphone. Et toi ?

Tara se demanda ce qu'il fallait répondre. Pour qu'Angelica change d'avis, il était certainement arrivé quelque chose. A Fernanda ?

— Je ne l'ai pas encore consulté.

— La voiture t'attend, dès que tu seras prête.

Il était assis sur un tabouret, le journal du matin ouvert sur le comptoir de bois blond, arborant un air satisfait.

— Je m'imaginais que tu étais simplement arrogant, mais je me suis trompée. L'air de rien, tu as réussi à me gâcher une soirée que j'attendais depuis des mois.

— Moi, j'ai gâché ta soirée ? Tu as un sens de l'humour très particulier, dit-il sans lever les yeux de son journal. Si tu es prête, j'appelle mon chauffeur pour lui dire que tu arrives.

Suffoquée, Tara saisit son sac, les yeux pleins de larmes brûlantes. Jamais elle ne réussirait à sortir aussi vite qu'elle l'aurait voulu. Comment avait-elle pu se laisser aller à commettre l'erreur de coucher avec un type pareil ? Aucun plaisir ne pouvait compenser la honte de se faire congédier comme une traînée. Il l'avait humiliée cruellement ; pire, elle s'était laissé faire.

Au cours de sa vie, elle avait déjà subi de plus rudes leçons. Simplement, elle aurait préféré être préparée à celle-là.

3.

— Où est-elle, Angelica ?

Michael se précipita dans le hall de l'appartement de sa sœur, furieux.

— Bonjour, Michael. Je vois que tu es d'excellente humeur. Que s'est-il passé hier soir ? J'espère que tu ne t'es pas montré trop désagréable avec Tara ?

Il fusilla Angelica du regard. Il n'avait aucune envie de répondre à cette question, qui ne concernait personne d'autre que lui. Il jeta un coup d'œil à la ronde, à la recherche d'un indice. En vain. Pourtant, sa sœur avait l'air tendu, ce qui était plutôt rare. Elle fila vers la cuisine.

— Inutile de me faire un café, lança-t-il, j'en ai déjà trop bu aujourd'hui.

Pour tenter d'oublier le visage de Tara quand il l'avait congédiée. Il venait de comprendre qu'elle s'était liguée avec Angelica pour le manipuler, mais sans deviner leur but. Une chose toutefois était certaine : il détestait l'idée de perdre le contrôle avec une femme, et la nuit dernière, c'était bien ce qui avait failli se passer.

— Où est Fernanda ?

— Dans son lit, Michael. Elle a travaillé toute la semaine, et elle est si jeune ! Essaie de te rappeler ce que c'est et accorde-lui un peu de répit.

Angelica sortit une tasse et de la crème avant de déclencher la machine à café. Le problème, justement, était qu'il ne se rappelait pas très bien ce que c'était d'être jeune. Pas en détail. Quand même assez pour se souvenir qu'on confondait parfois le jour et la nuit, qu'il y avait des hauts et des bas et du sexe partout et tout le temps. Sans la douche froide qu'avait été la mort de sa mère, il aurait fini comme tant d'autres…

« Accorde-lui un peu de répit », avait dit Angelica. Non, il fallait la cadrer serré jusqu'à ce qu'elle soit en âge de comprendre. Si Fernanda avait eu le tempérament sage de son aînée, il n'aurait pas eu besoin de serrer la bride, mais elle était trop imprévisible. Et son goût pour le monde de la mode constituait un souci supplémentaire.

— Tu as pris ton petit déjeuner ? demanda Angelica. Tu veux manger quelque chose ?

— Non, merci.

Il traversa l'appartement pour monter vers la chambre d'amis, à la porte de laquelle il frappa doucement avant d'entrer. L'odeur d'alcool le frappa au visage. Il se dirigea vers la forme étendue sur le lit. Complètement inconsciente. Assommée.

Il alla à la fenêtre et ouvrit les rideaux, avant de revenir vers le lit.

— Bonjour, Fern.

— Laisse-la dormir, Michael. Elle en a besoin.

Angelica était entrée et ramassait les vêtements qui traînaient à droite et à gauche. La pièce ressemblait à un champ de bataille. Posé sur la table de nuit, un grand verre d'eau.

— Elle a bu ?

— Calme-toi, elle va bien.

Michael esquissa un geste d'énervement. Angelica commençait à l'exaspérer. Leur sœur était en plein coma éthylique et on essayait de le lui cacher. C'était ainsi que tout commençait, que des gosses comme elle se retrouvaient largués. Elle avait seize ans, le même âge que lui quand il s'était mis à avoir de mauvaises fréquentations et à faire des bêtises, trop prétentieux pour s'intéresser à autre chose qu'à lui-même — à son apparence et à ses performances. Voilà comment on pouvait bousiller sa vie quand il n'y avait pas d'adultes à côté pour vous recadrer. Angelica devait croire que ça passerait, comme leur mère l'avait cru avec lui. Comme celle-ci, ses sœurs étaient gentilles et confiantes. Trop. Pas comme lui. Il ne laisserait pas l'histoire se répéter. Pas question.

— Angelica, dis-moi ce qui s'est passé la nuit dernière. Tu crois que je ne t'ai pas percée à jour ? Tu m'as mis cette petite bombe sexuelle entre les pattes pour te débarrasser de moi, pas vrai ?

— Michael ! s'offusqua sa sœur. Tu n'as pas été trop horrible avec elle, au moins ?

— Tu m'as déjà posé la question. Ce que j'ai fait avec Tara ne te regarde pas, répondit-il, furieux d'être distrait du problème qui l'amenait là. Fais lever Fern, je vais dans la cuisine.

Il s'était fait manœuvrer comme un bleu par trois femmes en une nuit et, pour la première fois depuis des années, il sentait une situation lui échapper.

Il sortit son téléphone. Il lui restait tout le week-end avant de rentrer lundi en Espagne. Des affaires à régler en dépit du manque de sommeil et des images dévastatrices de Tara Devine qui peuplaient son esprit.

Tara Devine…

Vingt-quatre heures plus tôt, pour faire plaisir à Fern, il avait accepté d'accompagner Angelica à son défilé. Non sans réticence. Une heure de torture pour quelqu'un qui ne s'intéressait pas aux puériles frivolités de la mode. Dix-huit heures plus tard, il avait fait l'amour avec la jeune styliste. Et il était resté sur sa faim. Où était le problème ? Trop de frustration sexuelle cumulée ? Cela faisait un moment qu'il n'avait plus couché avec personne, et peut-être Tara avait-elle simplement réveillé quelque chose en lui.

— Ah, tu es levée ? Tu as mal aux cheveux ? Ou pire ?

Fern venait de faire son apparition dans la cuisine, l'air hagard. Elle baissa la tête, le visage totalement dissimulé sous ses cheveux. Assise sur un tabouret de bar, le téléphone à la main, elle l'ignorait. Avec son short-pyjama, ses chaussettes géantes et son attitude butée, elle paraissait très fragile ; ce qui ne l'empêchait pas d'envoyer des textos à tout va.

— Pose ce téléphone, Fernanda.

Elle obtempéra et se tourna vers lui, mais toujours sans le regarder.

— Où étais-tu, la nuit dernière ?

— Dehors. A une soirée.

— Tu m'avais pourtant dit que tu rentrerais à la maison.

Elle leva vers lui des yeux cernés. Jamais elle ne s'était montrée si agressive.

— Qu'est-ce que tu t'imagines encore ? marmonna-t-elle.

— Réponds à ma question au lieu de m'en poser une autre.

Elle lui jeta un regard noir avant de lâcher entre ses dents serrées :

— Tara a raison : tu te prends vraiment pour le Grand Manitou.

— Je ne m'intéresse pas beaucoup à ce que ta Tara pense de moi.

— On va pouvoir en discuter, elle ne va pas tarder à arriver.

Il faillit s'étrangler, mais se contenta de jeter à Angelica, qui venait d'entrer dans la cuisine, un regard étonné. Puis il adopta une attitude détendue, comme si c'était n'importe quel samedi et que Tara Devine soit une visiteuse habituelle, une amie de la famille.

— Pour déjeuner ? Je crains que nous n'ayons zappé le petit déjeuner.

Un coup de sonnette arracha Fernanda à sa torpeur. Michael grimaça. Si ces trois filles voulaient le mener en bateau, elles allaient trouver à qui parler !

Il alla ouvrir la porte. Tara ne parut pas surprise de le trouver là. Sourire éclatant et lèvres roses, elle le fixa comme un détritus abandonné sur un trottoir et poursuivit sa route dans l'appartement.

— Bonjour, Michael.

Il suivit du regard la courbe de ses hanches tandis qu'elle traversait le hall. Sa jupe en cuir moulait ses rondeurs comme une seconde peau. Sa peau… jamais il n'en avait caressé une autre qui produise sur lui pareil effet. Si pâle et si douce… Il entendit ses sœurs la saluer.

— Alors, Tara, tu vas venir ? demanda Angelica.

Venir où ? Il revint précipitamment dans la cuisine, où il vit Tara faire la bise à Fernanda, qui lui adressa un gentil sourire malgré sa gueule de bois.

— J'aurais bien aimé partir avec vous, mais je suis débordée, répondit la styliste. Je vais d'abord régler quelques problèmes.

Quels problèmes ?

Angelica opina du chef en souriant.

— J'aurai quand même un peu de temps avant le défilé de Paris.

Tara prit la tasse de café que lui tendait Angelica.

— Quand pourras-tu nous rejoindre ? demanda cette dernière.

Nous rejoindre où ?

Michael avait le plus grand mal à contenir sa frustration.

De toute évidence, le scénario était au point avant qu'il arrive chez sa sœur.

— Qu'est-ce qui se passe ici ? s'écria-t-il. Où avez-vous l'intention d'aller ?

Deux têtes brunes et une blonde se tournèrent vers lui.

— A Barcelone, dit Angelica. Tara a accepté de dessiner ma robe de mariée, et elle restera… Mais on verra ces détails plus tard.

— C'est vrai ? demanda-t-il. Tara, peut-être faudrait-il que nous parlions tous les deux.

— A quel sujet ?

Au sujet de l'état de Fernanda et de l'influence que la jeune Anglaise avait sur cette enfant si malléable. Au sujet de la nuit inoubliable qu'ils venaient de passer. Et au sujet de sa venue à Barcelone. Il fallait que Fernanda se calme et retourne au lycée. Il fallait qu'il puisse penser à Tara Devine au passé et qu'au présent il s'abstienne de la regarder avec une seule idée en tête : la débarrasser de tous ses vêtements.

Il devait reprendre le contrôle. Sur son corps et sur son esprit. Cette femme avait la capacité d'éveiller en lui des réactions et des émotions plutôt déstabilisantes : perte de contrôle, culpabilité, remise en cause de son système de valeurs.

Or il n'en était pas question !

Fine mouche, Angelica avait entraîné Fernanda hors de la cuisine, laissant Michael seul avec Tara. Cette dernière le fixait d'un regard étincelant qui le mit en alerte.

— Oui, il faut qu'on parle, commença-t-elle. Moi d'abord. Je suis venue chez toi en espérant de bonne foi y retrouver tes sœurs. Dans la voiture, j'ai refusé de t'embrasser. Dès que j'ai franchi la porte de ton appartement, tu as clairement décidé que « non » signifiait « oui ».

— Tu essaies de me faire avaler que tu n'étais pas consentante ?

— Absolument pas, répondit-elle en le fixant droit dans les yeux. Tout ce que je dis, c'est que j'ai été choquée que tu me traites comme tu l'as fait. Après.

Contrairement à la plupart des femmes en pareille circonstance, elle n'était pas hystérique ni larmoyante, même s'il la sentait à vif.

— Tu as envoyé quelques signaux qui m'ont paru assez clairs, la contra-t-il. Quand je t'ai suivie dans la salle de bains, tu m'as demandé de respecter ton intimité.

— Et tu m'en blâmes ! J'avais à peine repris mon souffle que tu m'as dit que l'heure tournait.

— Tara, tu joues la comédie. N'essaie pas de me faire croire que tu t'attendais à ce que je fasse des manières. Toi et moi, on sait très bien comment ces choses se passent. On joue ou on ne joue pas. Et toi, tu as joué. A fond.

Il contempla sa gorge sur laquelle il avait laissé courir ses lèvres et que mettait en valeur un pull très décolleté. La vision du sillon profond entre les seins de Tara suffit à réveiller ses sens. Ses yeux bleus étaient pleins d'amertume et une moue rageuse crispait ses lèvres roses et pulpeuses. Pourtant, ni l'un ni l'autre ne réussissait à cacher qu'il s'était produit quelque chose d'énorme, quelque chose que Michael devait absolument contrôler et canaliser. Ce désir brûlant, il l'avait déjà connu ; peut-être pas sous une forme si aiguë, assez pourtant pour savoir quels ravages il pouvait causer.

— Moi, je joue la comédie ? rétorqua-t-elle, agacée. C'est plutôt toi qui voudrais que je me plie aux règles que tu as fixées. Règle numéro un : je me comporte comme un monstre d'arrogance. Règle deux : si l'autre m'avertit clairement, je n'en tiens pas compte. Règle trois : je passe en force.

— Règle quatre : je m'adapte à la personnalité de Miss Dominatrice. Avant de jouer avec de grands garçons, il faut bien réfléchir.

Tara le défia du regard. Avec ses joues rouges de colère et sa poitrine rebondie qui se soulevait précipitamment, elle était aussi magnifique que lorsqu'ils avaient fait l'amour.

— Tu l'entends, ton ego démesuré ? s'emporta-t-elle. Même si ma vie en dépendait, jamais plus je ne jouerai à ce petit jeu avec toi.

— A ta guise. Et tiens-toi à l'écart de mes sœurs. Va voir Angelica et dis-lui que tu as changé d'avis, pour sa robe. Sinon…

— Sinon quoi ? Tu me menaces ? Sérieusement ?

Michael leva les yeux au ciel. Non, bien sûr, il ne la menaçait pas. C'était sorti comme ça, parce qu'il fallait que Tara s'éloigne. De ses sœurs, et surtout de lui. Tout de suite. Sinon, il allait devenir fou. La façon dont elle le regardait en ce moment, avec ses yeux qui lançaient des éclairs, sa poitrine tendue sous le fin jersey de son pull, ses lèvres humides, lui donnait trop envie de la prendre dans ses bras.

— Ça ne se passera pas comme tu le crois, Tara.

— Eh bien, si. Je vais dessiner cette robe pour Angelica, et j'ai besoin de passer un certain temps avec elle pour bien comprendre ce dont elle a envie. On a décidé que ce serait la semaine prochaine. Le fait qu'on ait couché ensemble, toi et moi, n'y change rien. Ton gros problème, c'est que tu veux contrôler la vie des gens, y compris la mienne. Mais ça ne risque pas d'arriver, crois-moi.

Elle s'était rapprochée de lui pour mieux débiter son petit couplet et il ne put s'empêcher d'en profiter. Il lui prit le visage entre les mains et l'attira à lui pour embrasser ses lèvres roses. Elle poussa un profond soupir.

Lentement, il la guida vers la porte, à laquelle il l'adossa. Il pesa sur elle de tout son poids, tout en lui caressant les seins sous son pull. Elle émit un cri de plaisir qui s'étouffa dans sa bouche et se mit à lui parcourir fébrilement le corps des mains — les fesses, les épaules, les pectoraux, pour finir par son érection. Plus chaude qu'une braise, et s'accordant à lui en tout point.

Il recula d'un pas, lui posa les mains sur les épaules et reprit son souffle. Evidemment, c'était elle qui avait raison. Même si elle n'était pas la fêtarde qu'elle feignait d'être — il commençait à croire que c'était le cas —, il se fourvoyait en allant plus loin. Ce qui comptait pour lui, c'était sa famille. Elle avait beau l'attirer sexuellement et avoir la langue bien pendue, elle ne faisait pas partie du tableau. Il n'y avait qu'à voir ce qu'était devenue Fern après l'avoir fréquentée une semaine. Et lui, qu'allait-il lui arriver ?

— Je n'ai pas besoin de ce genre de problème dans ma vie, et je ne veux pas que Fernanda subisse plus longtemps l'influence du monde dans lequel tu vis. Tu t'es engagée avec Angelica, très bien, mais pour tout le reste, c'est zone interdite.

Tara reprit immédiatement ses esprits, s'écarta de lui et ouvrit la porte tout en arrangeant ses cheveux. Sur le seuil, elle se retourna pour lui jeter un regard plein de mépris.

— Comme je te l'ai dit, c'est moi qui fixe mes propres règles. Tu devras t'en accommoder.

4.

Etre sous pression était bien la dernière chose dont Tara avait besoin alors que l'organisation de son prochain défilé générait déjà un stress exceptionnel, qu'elle devait faire semblant devant son équipe de ne pas subir.

Elle raccrocha son téléphone, l'angoisse chevillée à l'estomac. Encore un problème : Dutch Ronnie revenait sur son engagement. Elle aurait dû le voir venir. Autocentré au dernier degré, mortellement ennuyeux, il n'avait cherché sa compagnie que pour s'introduire dans le milieu de la mode. Alors il lui avait fait des promesses de partenariat financier. Qu'il ne pouvait pas tenir, elle venait de l'apprendre…

Elle leva les yeux au ciel. Une fois de plus, elle allait devoir ramper devant son banquier pour obtenir un refinancement de son emprunt. Même si elle aimait son look « dure à cuire », elle regrettait certains jours de ne pas posséder un petit tailleur bleu marine pour affronter les décideurs. Pour réussir en affaires, le conformisme vestimentaire était souvent de mise.

Ironie du sort, ces types en chemise amidonnée la connaissaient mieux que ses plus proches amis et sa famille. Car elle était bien obligée de leur ouvrir son cœur, de leur dévoiler son plan sur cinq ans, de leur expliquer qu'elle voulait dans l'année à venir avoir réussi à s'implanter en Europe. Ils ignoraient seulement pourquoi elle était si déterminée, ce qui avait transformé une fille tranquille et un peu terne en une femme aux dents longues avide de réussir.

Mais le savait-elle elle-même ?… Parfois, elle en avait l'impression, et cela ne lui plaisait guère : les affaires et la création, rien de tel pour s'occuper l'esprit et ne pas réfléchir aux *vrais* problèmes.

Heureusement, et cela allait l'aider dans ses démarches, elle avait jusque-là assez bien su gérer les médias. Ils aimaient sa façon très naturelle d'incarner sa propre marque ; dans l'ensemble, ils s'intéressaient davantage à ce qu'elle disait et créait qu'à son image de fêtarde.

Et puis elle allait dessiner la robe de mariée d'Angelica Cruz. Ce n'était pas rien, tout de même ! Cela ne suffirait pas à sauver son entreprise à court terme, mais les retombées en termes d'image et de notoriété allaient être intéressantes.

Elle examina la tenue qu'elle avait emportée pour sa première journée à Barcelone, une petite robe-chemisier en soie rouge et des créoles en or. Elle avait dû faire ses bagages à la hâte, ce qui l'avait contrariée. Elle se brossa les cheveux, qu'elle attacha en queue-de-cheval. Rouge mat sur les lèvres. Son vernis s'écaillait, mais elle y remédierait plus tard. Il était temps d'aller découvrir l'ambiance de la famille Cruz et de chercher l'inspiration pour Angelica — visite de la maison et des jardins avant le déjeuner, puis passage en revue des albums qu'elle avait trouvés dans sa chambre en arrivant, où figuraient les précédentes mariées Cruz.

Depuis qu'elle avait signifié à Michael qu'il devrait s'accommoder de ses propres règles, silence radio. A son arrivée à Barcelone, Fern arborait une moue ostensible et Angelica un sourire de façade. Tara s'y connaissait en dynamique familiale. Chez les Devine, dans son enfance, on se disait tout, on ne laissait rien passer. Larmes, cris et comédie jusqu'à épuisement. Mais seulement jusqu'au retour du grand-père Devine. Là, tout le monde se terrait dans l'ombre. Chuchotis et yeux baissés. Rien ne posait plus problème.

Elle arracha un peu de vernis de ses ongles avant de s'attaquer à ses cuticules, qui se mirent à saigner. Oui, face à une brute épaisse comme son grand-père, tout le monde se taisait, on oubliait les querelles. Quand elle avait osé l'affronter en face, les problèmes étaient survenus. Alors elle avait pris le premier train pour quitter la ville. Sans jamais se retourner. Pour tout dire, Michael Cruz n'était qu'une version hollywoodienne du grand-père Devine. De meilleures manières, des dents plus blanches, mais la même arrogance, et surtout la même certitude que les femmes n'avaient qu'à faire ce qu'on leur disait…

Elle contempla les minuscules débris écarlates répandus sur le couvre-lit blanc. Il lui fallait nettoyer cela et affronter de nouveau la vie, car personne ne viendrait l'aider, encore moins témoigner que les femmes valaient autant que les hommes. Ni ses tantes, ni sa grand-mère, et sûrement pas sa mère. Voilà pourquoi mieux valait être totalement indépendante. Et s'il fallait absolument fréquenter les mâles, de la prudence, pas de mensonges et surtout pas de promesses. Et aucun homme susceptible de la juger ou de lui manquer de respect. Ce n'est pas pour autant qu'elle se considérait comme une traînée, n'en déplaise à ce cher Michael Cruz.

L'air était tiède, la lumière idéale, et les talons de Tara claquaient sur le marbre de la maison Cruz. L'ambiance un peu étrange des lieux ne lui convenait pas tout à fait. Amour et bonheur, mais trop d'ordre. Des détails très féminins — fleurs, parfums, mobilier et draperies. Et surtout la présence de Michael, qui ajoutait une touche de virilité à l'ensemble.

Un bruit de voix lui parvint aux oreilles. Elle se laissa guider. Elle venait de se dire que Michael Cruz était comme un défaut dans l'étoffe de la vie, mais quand elle l'aperçut la vie reprit soudain des couleurs plus brillantes.

Un jean foncé moulait les plus belles fesses d'homme qu'elle ait jamais vues et mettait en valeur ses jambes longues et musclées. Une chemise blanche toute simple soulignait ses épaules et lui donnait envie de les caresser pour éprouver la puissance de chaque muscle.

Au souvenir du contact des mains du bel Espagnol sur ses hanches tandis qu'il la chevauchait, ses jambes flageolèrent. Elle dut s'appuyer au dossier d'une chaise pour lui faire face, foudroyée par le regard sombre qu'il lui jeta. Elle réussit à ne pas baisser les yeux tandis qu'il la toisait en continuant à parler en catalan dans son téléphone d'une voix un peu rauque. Il finit par lui adresser un signe de tête en raccrochant.

— Salut.

— Salut, répondit-elle avec un demi-sourire. Je dérange ?

— Tu es bien installée ?

— Oui, merci.

Lentement, elle avança vers la large baie vitrée, devant laquelle elle se posta, dos tourné à Michael pour tenter d'échapper à sa présence dévorante en se concentrant sur le monde extérieur.

— Cette robe te va bien, dit-il. Tu es mignonne.

Un compliment ? Tara se crispa dans l'attente d'un « mais ». Qui ne vint pas.

— Et toi, tu es très beau dans cette tenue.

Tout en regardant par la fenêtre, elle tritura sa queue-de-cheval. Ce type était imprévisible. Elle s'était préparée à l'affronter bille en tête, et voilà qu'il la surprenait d'une gentillesse. Sans doute la stratégie dont il usait pour mieux désarmer l'adversaire. Il aurait pourtant dû connaître la règle du jeu : « Tu critiques et je te réponds. » Un compliment ? Après leur dernier échange, cela semblait suspect. Un changement de stratégie ?

— Tu aimes ce paysage ? demanda-t-il.

Elle se tourna vers lui. Ignorait-il qu'à peine entrée dans la pièce elle n'avait plus vu que lui ?

— Ecoute, Michael, j'apprécie ta gentillesse, mais j'ai un peu de mal avec ton dédoublement de personnalité. Tu es pourtant bien la même personne qui m'a interdit de mettre les pieds ici ? Suis-je censée savoir à l'avance si tu vas être d'humeur à faire la fête ou la tête ? Si je suis ici, c'est pour mon travail. Et j'espère ensuite revenir tranquillement chez moi au plus vite.

Tara ne pouvait pas supporter l'idée que l'arrogant hidalgo lui mette à ce point la tête à l'envers. Il était déjà assez difficile de gérer l'attirance sexuelle qu'il lui inspirait, le voir envahir son espace cérébral ne pouvait que la conduire au désastre. Pour travailler, elle avait besoin de toute sa concentration. C'était sa planche de salut, la raison pour laquelle elle avait quitté sa famille — sinon elle serait devenue folle. Donc, elle devait se recentrer sur le travail. Point final. Un homme comme lui devait bien être capable de le comprendre, non ?

— J'essayais simplement de me montrer civilisé. Tu es chez moi, et je fais preuve vis-à-vis de toi de la même courtoisie que je dois à n'importe quelle autre invitée.

Sa voix était basse, très calme, pourtant Tara y décelait quelque chose qu'elle ne comprenait pas.

— Très bien.

— Donc, puis-je t'annoncer que le déjeuner est servi sur la terrasse ?

Elle détourna la tête dans cette direction. La table était mise et elle avait faim.

— On y va ? insista-t-il.

Elle lui décocha son sourire le plus glacial.

— Allons-y.

Elle passa à côté de lui, consciente, trop consciente de l'aura incroyable de Michael. Il tendit la main pour lui effleurer la taille. Aussitôt, un immense désir pulsa en elle. Une sensation si forte qu'elle dut s'arrêter un instant pour maîtriser sa respiration — pas question de lui laisser entrevoir l'effet qu'il produisait sur elle.

Tandis qu'ils se dirigeaient vers la terrasse, il resta derrière elle. Les yeux rivés sur la table, elle avançait comme un automate. Salades, poisson, pain, olives : tout ce qu'elle aimait. Et du vin. Dieu merci, elle allait pouvoir prendre un verre de blanc, ça la calmerait. Elle se sentait sur le fil.

— Tes sœurs vont nous rejoindre ?

Elle espérait qu'il répondrait oui. Parce que s'ils se retrouvaient seuls tous les deux, cela ne pouvait que recommencer comme avant. Elle savait que Michael ne cherchait pas seulement à saper sa volonté : il l'attaquait à grands coups de masse. Au point qu'elle devait lutter contre l'envie d'aller vers lui alors qu'elle aurait eu tellement besoin de garder le contrôle.

Debout derrière elle, Michael l'aida à s'asseoir, tel un serveur attentionné. A peine se fut-il écarté que Tara manœuvra sa chaise d'avant en arrière, un enfantillage destiné à lui faire comprendre qu'elle était capable de s'installer à table par ses propres moyens.

— Fernanda reprend le lycée demain. Elle est allée en ville et à la bibliothèque pour s'occuper de ses inscriptions. Il faut qu'elle se remette au travail.

Ignorant l'allusion à peine voilée, Tara se versa un verre d'eau gazeuse. Il fit de même.

— Et Angelica ?

— Elle devait faire un saut à Gérone. Tu ne l'as pas vue avant son départ ?

Elle tressaillit et faillit renverser son verre. D'un geste vif, il lui prit le poignet.

— Je… Si, mais quand rentre-t-elle ? bafouilla-t-elle.

Seigneur, ils étaient seuls tous les deux… Sans répondre, Michael reboucha la bouteille d'eau et la reposa au centre de la table. Puis il se carra dans sa chaise, et fixa Tara droit dans les yeux.

— Je ne sais pas. Elle fait ce qu'elle veut.

Tara s'efforça de dissimuler son inquiétude.

— Elle a eu une urgence ?

Elle n'arrivait pas à comprendre qu'Angelica ne lui ait rien dit d'autre que « A tout à l'heure ».

— Si tant est qu'on puisse appeler urgence un déjeuner entre filles, ironisa-t-il.

Après s'être servi dans différents plats, il prit ses lunettes de soleil dans la poche de poitrine de sa chemise et les chaussa. Sexy en diable, et toujours aussi mystérieux…

— Je trouve ça un peu étrange de sa part, déclara-t-elle.

— Angelica est tête en l'air. Une copine a dû lui dire qu'elle avait besoin d'elle et elle a foncé pour l'aider sans s'inquiéter de toi, dit-il en lui tendant un plat. Elle sait que tu es entre de bonnes mains.

Effectivement, songea Tara, et c'était bien là le problème…

Elle se servit en salade et en poisson, sans lever les yeux vers son hôte.

— Tu connais cette région d'Espagne ? lui demanda-t-il.

— Non. Je sais qu'il y a de nombreux vignobles.

Elle espérait que Michael saisirait l'allusion. Et en effet, il la fixait en souriant.

— Oui, de merveilleux vignobles. Je suppose que l'intérêt que tu manifestes à leur égard signifie que tu as envie d'un verre. *Tinto, rosado* ou *blanco* ?

— Pour être franche, compte tenu des circonstances, tout me convient, dit-elle avec une grimace.

Il eut une mimique faussement outrée.

— Allons, tout ne va pas si mal ! Tu es dans un lieu magnifique, devant un repas délicieux arrosé de vins superbes. Je vais t'en choisir un spécial.

— Comme tu veux. N'importe lequel me détendra, de toute façon.

— Tu es tendue ?

— Par ta faute.

Il éclata d'un rire franc et profond, si sincère qu'elle ne put s'empêcher de l'imiter.

— Je ne sais pas si je dois le prendre comme un compliment.

— Prends-le comme tu veux, répliqua-t-elle.

Décidément, il l'étonnerait toujours. Une personnalité tellement changeante, mais si séduisante. Même en ce moment, alors qu'elle se retrouvait toute seule à l'étranger en plein marasme financier, ne sachant si elle allait pouvoir payer ses employés. Par la faute de Dutch Ronnie, son déficit bancaire se creusait encore, du fait des dépenses engagées pour le prochain défilé. Pourtant, cela ne l'empêchait pas de sourire à un homme qui, après l'avoir agacée au plus haut point, l'avait menée au septième ciel, avant de l'exaspérer de nouveau.

Jusqu'à cette brillante journée de septembre…

— Tara, je ne veux en aucun cas ajouter à ta tension. Pourquoi ne me considérerais-tu pas tout simplement comme ton hôte cet après-midi, jusqu'au retour d'Angelica ?

— Quelle drôle de question ! répondit-elle en levant son verre vide. Allons, Michael, verse-moi à boire et continuons à nous haïr mutuellement. Au moins, nous savons où nous en sommes.

Sans cesser de sourire, il se leva et se dirigea vers le seau à glace, d'où il tira une bouteille verte ruisselante qu'il essuya avec un torchon blanc.

— La haine est un sentiment tellement dévastateur. Et si éloigné de ce que nous éprouvons l'un pour l'autre.

D'une main ferme, elle lui tendit son verre et contempla le vin doré qui le remplissait peu à peu. Au lieu de le porter tout de suite à ses lèvres, elle se força à se calmer et à réfléchir un instant. Elle se demandait ce que Michael pensait vraiment d'elle. Elle aurait préféré oublier, mais son esprit y revenait sans cesse.

— Je suppose que c'est là que je devrais jouer les effarouchées et demander : « Michael, qu'éprouvons-nous vraiment l'un pour l'autre ? » Mais moi, je sais ce que j'éprouve pour toi, et en définitive, c'est la seule chose qui compte.

— Bien envoyé. Pourtant, à l'âge que j'ai et sachant ce que je sais de la vie, je ne peux m'empêcher de penser que pour toi l'opinion des autres compte. Enormément.

Les doigts de Tara se crispèrent sur le mince pied du verre qu'elle n'avait toujours pas porté à ses lèvres.

— Peut-être.

Il se rassit en face d'elle, jambes écartées, avec un sourire plein d'assurance, et ôta ses lunettes. En voyant son regard se poser sur elle, Tara regretta de ne pas être armée d'un bouclier. Ou d'une lance.

— Ce n'est qu'une question de temps. En vieillissant, tu te rendras compte que tu te préoccupes de moins en moins du jugement des gens qui ne comptent pas.

Il lui adressa un demi-sourire indulgent et distrait, comme un vieil oncle contemplant sa nièce en train de faire ses premiers pas.

— Pour tout t'avouer, lança-t-elle, entre nous, le sexe s'est révélé très quelconque. J'espère que le vin sera meilleur.

Elle leva son verre et prit une longue gorgée, qu'elle fit rouler dans sa bouche avant de l'avaler pour en développer les étonnantes saveurs. Mais si Michael s'imaginait qu'elle allait lui faire un compliment après la façon dont il l'avait traitée…

— Alors ?

Elle reposa le verre et le regarda. Assis comme un roi sur son trône, il était sûr de lui. Un sourire plein d'assurance aux lèvres, il attendait son verdict.

— Il est passable. Meilleur que le sexe, en tout cas. Bien meilleur.

Il se mit à rire, rejetant la tête en arrière. Elle aussi s'esclaffa.

— Tu ne fais vraiment pas de cadeaux ! Une vraie entreprise de démolition pour les hommes qui s'attaquent à toi.

Il devait y avoir quelque chose de vrai là-dedans, supposa-t-elle. Question de gènes, sans doute, même s'ils devaient avoir sauté une génération. A moins que toutes ces années de malheur l'aient finalement convaincue qu'il valait mieux montrer sa force que sa faiblesse. Sur tous les fronts, l'attaque restait la meilleure défense. Elle avait passé trop de temps à se cacher. Et quand enfin elle s'était rebellée et avait rendu les coups, quand elle avait enfin vraiment osé affronter ces brutes, jamais elle n'oublierait ce qu'elle avait ressenti… Le choc… Leur retraite précipitée… Le monde en avait été transfiguré.

— Peut-être, concéda-t-elle.

— Mais moi, je suis solide et je sais que ta jolie bouche ment. Tu sais aussi bien que moi que nous avons atteint le septième ciel. Et qu'il s'était déjà passé quelque chose avant, quand nous nous sommes rencontrés, au club, puis dans ma voiture et dans le salon. Et même ici, sur cette terrasse. Tu le ressens aussi bien que moi, je le vois, même si tu refuses de me regarder.

Elle sourit dans son verre. Il avait raison : l'air était chargé d'électricité et de désir, et elle était ravie d'apprendre qu'il les ressentait lui aussi.

— Je ne vois pas à quoi cela me servirait.

— De me regarder, ou de reconnaître que j'ai raison ?

Elle le fixa droit dans les yeux.

— Tu ne me fais pas peur, Cruz.

— Très intéressant. Je ne suis pas certain que tu dises vrai.

Elle s'autorisa un sourire. Qu'est-ce qu'il en savait ? Et qu'est-ce que ça pouvait bien lui faire ?

— Puisque nous prétendons être honnêtes l'un avec l'autre, Michael, peut-être devrais-tu te demander pourquoi, en privé, tu as l'air de me considérer comme une énigme, et en public, comme une vraie calamité. Sans doute parce que d'une certaine façon je te fais peur. Surtout devant tes sœurs, qui t'adorent.

Elle s'était accordé une petite satisfaction personnelle. En général, elle n'était pas aussi dure, mais il méritait bien ça. Et cela ne lui plaisait guère à voir le froncement des sourcils et la crispation de sa mâchoire. Hélas, cela accentuait la virilité de ses traits et le rendait plus beau encore.

— Tu en parles comme si c'était une révélation, Tara, mais c'est une évidence. Bien sûr que je te trouve attirante, et fascinante. Réellement fascinante. Mais ce n'est pas pour autant que j'ai envie de te voir tourner autour de Fernanda.

— Si je m'écoutais, je te balancerais ce verre de vin à la figure. C'est la deuxième fois que tu m'insultes. Tu penses peut-être que comme je suis chez toi pour travailler tu peux te moquer de moi ? Ou alors tu me crois si redevable envers toi que tu peux tout te permettre ? C'est comme ça que tu as l'habitude de traiter tes invités ?

— J'aime la franchise. Ni artifices, ni comédie, ni faux-semblants. Et je suis surpris que tu te vexes de me voir agir dans l'intérêt de ma petite sœur.

Le voir assis comme un pacha, à déguster son vin en mâchonnant des olives tout en essayant de la manipuler, la rendait folle. Un macho autoritaire de plus, uniquement occupé à énoncer ses propres règles. Des règles tellement tordues qu'on finissait fatalement par se sentir coupable.

— Protéger Fernanda ! Comme si tu t'en souciais le moins du monde ! Que dirait-elle si elle savait que tu t'es fait un plaisir de coucher avec moi, à condition que personne n'en sache rien ? Tu ferais mieux de penser au niveau d'hypocrisie auquel ta conduite l'expose. Mais ta sœur a trouvé un travail plus excitant que de faire ta comptabilité toute sa vie en s'ennuyant à mourir.

Une olive avait dû faire fausse route dans la gorge de Michael car elle eut l'impression que le visage de celui-ci s'obscurcissait soudain. Tara se dit qu'elle ferait peut-être mieux de fuir pour échapper à la tempête qui n'allait pas manquer d'éclater. Mais elle tint bon. Fuir, ce n'était pas son genre, et au fond, ce n'étaient que des mots. Rien de grave. Rien qui risque d'avoir un réel impact sur sa vie. Elle leva son verre et le porta à ses lèvres en jetant à son interlocuteur un regard plein de défi.

— Qu'est-ce qui ne va pas ? poursuivit-elle. Tu viens de te rendre compte que tu ne te connais pas encore à fond, comme tu me l'as reproché ? Et qu'il y a des gens capables de te répondre sur le même ton que tu leur parles ?

— En cet instant, tout ce que je pense, c'est que tu es

la femme la plus belle et la plus sensuelle que j'aie jamais rencontrée.

Tara ne s'attendait pas à cette réponse. Et tout en déclenchant sa fureur, ces paroles provoquèrent en elle une onde de pur désir. Ses yeux se posèrent sur la bouche aux lèvres si pleines de Michael, et elle se souvint de leurs baisers, de la façon dont il avait usé de sa langue et de ses dents pour attiser son désir en la mordillant. Elle se souvint aussi des sensations qu'il avait provoquées en la pénétrant. Elle revint à ses yeux et fut presque effrayée par la force et l'évidence du désir qu'elle lisait dans ses prunelles. Plus de bouclier pour s'en protéger. Elle se trouvait exposée. Complètement.

— Tu me traites d'hypocrite alors que je ne cherche qu'à protéger Fernanda. Mais il y a une chose dont je suis certain, c'est que toi et moi ne sommes pas seulement des animaux sauvages abandonnés à leurs passions. Alors…

Tara secoua la tête, hébétée. Elle ne parvenait pas à croire qu'elle était là, offerte, et qu'il lui parlait aussi froidement que s'il lisait l'annuaire.

— … alors, si belle et si sensuelle sois-tu, tu es venue ici pour concevoir la robe de mariée d'Angelica, comme tu l'as dit. Cet après-midi, je vais te laisser vaquer à tes occupations. Sans stress ni tensions. Je ne veux pas te distraire.

Il repoussa sa chaise pour se lever, posa sa serviette et lui adressa un petit sourire. Après avoir bu une dernière gorgée de vin, il reposa son verre sur la table et disparut.

5.

Barcelone, tenue numéro trois. La numéro deux consistait en un maillot de bain et un paréo, dont Tara s'était drapée dans le silence de la maison vide, l'esprit encombré par le souvenir obsédant du propriétaire des lieux. Elle avait l'impression d'être redevenue l'enfant non désirée qu'elle était jadis, quand elle était trop petite encore pour comprendre que le monde acceptait de voir les filles mais qu'en aucun cas on ne devait les entendre.

Depuis qu'elle était adulte, elle n'avait pas vraiment suivi cette règle tacite…

Elle sortit la robe du placard et la contempla d'un œil critique. Jersey de soie imprimé, décolleté en V. Un peu trop profond peut-être ? se demanda-t-elle en la plaquant devant elle. Jamais elle ne s'était posé pareille question mais ce soir, elle dînait avec les Cruz. Sans doute dans un restaurant dix étoiles où Michael avait réservé la veille — et non pas un an à l'avance comme le commun des mortels.

Elle jeta un coup d'œil à ses chaussures. Parfaitement raccord, mais peut-être un tantinet voyantes. Elle s'étonnait elle-même d'être dans un pareil état d'esprit. La certitude de trouver en Angelica et Fern deux princesses parfaites sapait sa confiance en elle, ce qui était très inhabituel. Elle avait passé tant d'années à peaufiner sa propre image qu'elle trouvait vraiment étrange de se poser tant de questions, ce soir.

Elle finit de s'habiller en se disant qu'elle pourrait peut-être se coiffer autrement. Moins en hauteur, moins dressé, plus naturel. Œil à peine ombré, lèvres nues. Un maquillage différent aussi. Une fois l'opération terminée, elle scruta son visage dans le miroir.

Elle se trouva méconnaissable — l'absence d'eye-liner ? Avec la quantité dont elle avait usé depuis ses débuts, on aurait pu tracer une ligne jusqu'en Australie, mais elle n'en était plus aussi folle. Elle se fit une grimace dans la glace. Peut-être était-il temps de se chercher un nouveau look, cela l'inspirerait pour sa nouvelle collection. Dans ce cas, elle risquait de changer de cible. Une nouvelle étape dans sa vie, incontestablement.

Son téléphone vibra dans sa main. Texto d'Angelica.

> Excuse-moi, chérie, Sophie m'a prise en otage. Elle a appris des nouvelles terribles et je ne peux pas la laisser seule ce soir dans l'état où elle est. Fernanda est elle aussi très prise. J'espère que Michael s'occupe bien de toi. A plus. A.

Formidable…

Elle s'assit sur le lit, soudain épuisée, et poussa un long soupir. Elle allait passer encore une soirée à lutter contre le charme, la goujaterie et l'irrésistible pouvoir de séduction de Michael Cruz. Encore une soirée à essayer d'interpréter correctement ses moindres propos et ses regards pénétrants. Un nouveau face-à-face. C'était aussi pour cette raison qu'elle aimait tant faire la fête : on pouvait flirter et se cacher. Parce que, parfois, ça devenait vraiment lourd d'être Tara Devine.

Elle contempla ses ongles parfaitement vernis et ses doigts sans bagues. La seule qu'elle portait était suspendue à son cou, au bout d'une chaîne. L'alliance de sa défunte grand-mère. Machinalement, ses doigts la caressèrent. Sa grand-mère connaissait la vie et elle en avait gardé des cicatrices, mais elle avait protégé ses filles du mieux qu'elle avait pu, se plaçant elle-même en première ligne pour mieux défendre de son mari le reste du troupeau. Cela faisait longtemps déjà qu'elle était partie, mais Tara ne l'avait pas oubliée.

Elle refoula la tristesse qui l'avait envahie. Pas de larmes, pas maintenant qu'elle en était arrivée là. Après tout, passer une nouvelle nuit sous le même toit que Michael Cruz ne serait pas si difficile, si ? Peut-être réussirait-elle même à lui faire entendre raison au sujet de Fernanda. Comme l'aurait fait sa grand-mère, qui trouvait toujours une solution pour venir en aide aux opprimés. Ne pas oublier l'armure que sa jolie robe dissimulait, une armure qu'aucune parole prononcée par Michael Cruz ne pouvait transpercer.

Elle saisit sa pochette de cuir verni rose (à l'épreuve des balles, plaisanta-t-elle in petto) et se dirigea vers la porte. L'heure du dîner avait sonné.

Le Skybar, ou un pub irlandais à l'ambiance décontractée ? Michael Cruz connaissait les femmes et savait prendre des décisions. Alors pourquoi tant tergiverser, comme s'il s'agissait de conclure un marché d'un milliard de dollars ?

Il scruta le visage de Tara, assise à côté de lui dans la voiture. Quand elle était arrivée dans le salon, sa beauté lui avait coupé le souffle. Pourtant, il ne pouvait se résoudre à la classer dans la catégorie des dévoreuses d'hommes à sang-froid, celles qui déchiffrent d'abord un type pour se comporter et s'habiller ensuite en conséquence. Elle semblait trop incapable de tenir sa langue pour réussir à se contrôler à ce point.

Et puis elle était un peu moins téméraire qu'elle ne voulait le faire croire, bien plus vulnérable. Ce soir, par exemple, elle paraissait préoccupée. Peut-être était-ce l'effet de cette cohabitation forcée. Evidemment, il aurait pu la laisser passer la soirée seule à la maison, il aurait bien trouvé une excuse, mais Angelica avait agi en toute connaissance de cause, sachant qu'il serait un hôte attentif.

Donc, où l'emmener dîner ? La veille, il aurait sans hésitation choisi le pub irlandais, où elle se serait sûrement bien amusée dans une ambiance détendue et où il aurait pu lui aussi se relâcher. Mais ce soir, il n'était plus du tout certain que ce soit la bonne option. Elle était trop réservée, trop élégante.

D'ailleurs, pourquoi cela le déstabilisait-il à ce point ? Ils s'étaient bien amusés, mais dès qu'elle en aurait terminé avec la robe d'Angelica et qu'elle aurait tourné les talons, la vie redeviendrait plus facile. Pour tout le monde.

Donc, Le Skybar. Sans hésitation. L'endroit lui plairait.

Tara jeta un coup d'œil furtif à Michael au-dessus de la carte des cocktails, ignorant la vue magnifique sur la ville.

— Qu'est-ce qui ne va pas, encore ? demanda-t-il en riant.

Elle referma la carte.

— Comment choisir ? Tout me fait envie. C'est trop raffiné pour une fille comme moi.

— Pourquoi te dénigres-tu en permanence ?

Elle haussa les épaules.

— N'est-ce pas toi qui m'accuses d'avoir une mauvaise influence sur ta sœur ?

Elle le fixa droit dans les yeux avant de boire bruyamment dans son verre d'eau avec sa paille. Quelques personnes tournèrent la tête vers elle. Ostensiblement, elle reposa son verre avec une grimace pleine de défi.

— Il y a des paparazzi ici ?

— Tu recherches la publicité ?

Il fit signe au serveur, à qui il commanda un gin martini

pour lui et un cocktail au champagne pour elle. Ce soir, Tara ressemblait à une vraie femme et pas à un personnage de bande dessinée. Avec ses boucles blondes qui lui effleuraient les joues et son corps superbe, c'était une bombe.

Depuis qu'il l'avait quittée, après le déjeuner, il s'était senti très mal et cela ne s'arrangeait pas. Seulement parce qu'elle avait tout ce qui fallait pour satisfaire sa virilité, ou était-ce un peu plus compliqué que cela ? Il aurait bien aimé le savoir, pour pouvoir agir en conséquence.

— Tout va bien ? lui demanda-t-elle en lui jetant un regard inquiet.

— Mais oui !

Il espérait qu'elle n'avait pas conscience de ce qu'il endurait. L'arrivée de leurs boissons lui offrit un répit. Tara saisit la sienne et en avala une gorgée.

— Comment trouves-tu ce cocktail ? demanda Michael.

Elle inclina la tête d'un air approbateur. Son verre était déjà à moitié vide.

— Pas si vite ! N'oublie pas que le dîner n'a pas encore commencé.

— C'est tellement bon !

Michael détourna le regard de sa bouche qui enserrait la paille comme si elle tétait un pur nectar. En la voyant passer la langue sur ses lèvres, il fut pris d'une subite érection. Peut-être aurait-il mieux valu l'emmener boire un mojito au Passeig de Born. Au moins, il y aurait eu un peu plus de monde et d'animation. Et il n'aurait pas eu l'impression qu'une bombe sexuelle allait exploser devant lui à tout moment.

— Donc, durant ton séjour ici, tu as décidé de faire une petite pause dans ta campagne de pub ?

Elle dégusta la dernière goutte de son cocktail et se renfonça dans son siège avant de croiser les jambes. Ses seins roulèrent plaisamment sous sa robe. Se pourrait-il que ce petit spectacle lui soit destiné ?

— Contrainte et forcée. Mais honnêtement, c'est une vraie détente de ne pas avoir à exécuter des chorégraphies pendant une nuit entière pour obtenir le nombre suffisant d'articles dans la presse. Remarque bien qu'au train où vont les choses je devrais reprendre l'avion bientôt.

— Je ne pensais pas que tu te donnais à ce point. Tu dois être épuisée. Et tout en faisant la fête, il faut encore que tu gères ton affaire. Tout se passe bien, côté finances ?

Elle s'humecta la lèvre du bout de la langue.

— Tant que je ne suis pas tirée d'affaire, il y a toujours un risque.

— D'après Angelica, tu aurais trouvé un bailleur de fonds. Elle s'est méprise ?

— Il m'a laissée tomber aujourd'hui même. Je l'ai appris ce matin.

Elle baissa la tête et ses traits exprimèrent soudain une vulnérabilité inhabituelle. Etonnant de la voir dévoiler ainsi l'autre versant de sa personnalité… Cela ajoutait encore à l'énigme. Elle semblait soudain si seule, ce qui confirmait les propos d'Angelica un peu plus tôt au téléphone, quand il avait tenté d'en savoir plus. D'après sa sœur, Tara, très solitaire, n'avait personne pour l'épauler. C'était uniquement pour cette raison qu'elle cultivait ses relations superficielles et s'était créé un personnage et une réputation de fêtarde. Peut-être avait-elle une famille formidable, mais en ce moment, elle avait plutôt l'air d'avoir besoin de quelqu'un qui lui remonte le moral et s'occupe d'elle. Des filles comme elle, on n'en croisait pas tous les jours, et Michael n'en avait jamais rencontré aucune.

— Tu n'as pas d'autre possibilité de te procurer l'argent dont tu as besoin ? lui demanda-t-il.

Le visage de la jolie créatrice de mode s'éclaira soudain.

Tentait-elle de donner le change en souriant, le regard brillant ?

— Bien sûr que si ! lança-t-elle en levant son verre.

— N'est-il pas un peu tôt encore pour boire à ton nouveau bailleur de fonds ? Si nous mangions auparavant ?

Soudain, Michael s'aperçut que les yeux de sa compagne étaient pleins de larmes.

— Hé ! Tara, *querida*, tout va bien ? s'enquit-il.

Il se leva et, accroupi à côté d'elle, la prit dans ses bras. Il la serra contre lui. Ses cheveux étaient doux ; durant quelques secondes, il respira son parfum, avant qu'elle le repousse des deux mains en détournant la tête.

— Tout va bien.

Sa voix était un peu rauque, mais nul doute qu'elle avait repris le dessus. Comme si « Pas touche » s'était subitement inscrit sur son front. Peut-être était-elle du genre qui n'aime pas le réconfort physique. Quoique, à y repenser, quand elle s'était retrouvée nue au lit avec lui, elle n'avait pas manifesté la moindre résistance. De nouveau cette image ! Décidément, il allait falloir qu'il fasse un peu plus attention…

Tara Devine était une femme ambitieuse, en tout cas, et déterminée. Elle savait appuyer sur les bons boutons pour déclencher ses instincts les plus primaires. Une femme qui disait la vérité sur ce qu'elle était et ce qu'elle voulait.

Très bien.

Mais ce qu'elle voulait risquait d'entraîner Michael dans une direction qu'il connaissait déjà, et dans un monde où il n'avait en aucun cas envie de se retrouver. Ni d'entraîner sa famille. Un monde noir et sulfureux qui attisait ce qu'il y avait de pire en chacun. Ce qu'il y avait de pire en lui.

A l'inverse, la mort horrible de sa mère avait fait naître en lui un sens aigu des responsabilités. Sur le moment, il ne s'en était pas rendu compte, mais d'une certaine façon, c'était ce qui l'avait sauvé. Parce qu'à cette époque il était beaucoup plus déjanté que Tara Devine ne l'avait jamais été.

— Ça va ? Vraiment ? Veux-tu que j'aille te chercher un autre cocktail ?

Elle ébaucha un sourire.

— Non merci. Je vais reprendre un verre d'eau.

— Tu as besoin d'aide pour trouver un bailleur de fonds ?

— Ça va se faire. Des Dutch Ronnie, on en trouve à la pelle, répondit-elle en se redressant sur sa chaise.

— Dutch Ronnie ? ricana-t-il. C'est une marque de préservatifs ?

— En tout cas, pas celle que tu utilises, riposta-t-elle.

Cette réflexion mordante le ramena aussitôt à leur fameuse nuit. S'il avait su ce qu'il savait aujourd'hui, il l'aurait beaucoup mieux planifiée. Il n'aurait pas laissé Tara Devine échapper à son emprise, mais l'aurait pliée à ses volontés et caprices d'une façon qu'il avait passé beaucoup de temps depuis à imaginer.

Il secoua la tête. Il devait se reprendre. Il était grand temps de revenir en arrière.

— Tu crois qu'Angelica sera de retour demain ? demanda Tara.

Il dut admettre en son for intérieur qu'il l'espérait.

— Honnêtement, je n'en sais rien. Je le crois, mais Angelica est une enfant gâtée et elle oublie parfois que les autres aussi ont un agenda. Ce n'est pas de l'égoïsme, loin de là, car en réalité, ce qu'elle fait, elle le fait souvent pour aider autrui. Elle a des projets pour lesquels elle se mobilise. Une forme de bénévolat en quelque sorte.

Tara leva vers lui ses grands yeux bleus désarmants de franchise.

— Est-ce que je fais partie de ses « projets » ?

Elle méritait qu'on lui réponde en toute honnêteté.

— Je le pense sincèrement. Les gens peuvent lui plaire

pour des raisons très diverses et elle gagne autant elle-même à les aider qu'ils y gagnent eux aussi.

Elle baissa les yeux et ses cils dessinèrent une ombre recourbée sur sa joue. La lumière dorée des bougies soulignait merveilleusement la douceur de ses traits.

— Je le sais bien, je ne suis pas à ce point naïve. Et j'ai été trop habituée à me battre seule pour croire qu'on veuille aider les autres sans attendre de contrepartie.

Michael se dit qu'il était loin d'avoir fait le tour du personnage. Sa voix révélait en cet instant une Tara tendre et si vulnérable... De nouveau, il sentait se réveiller en lui son sens des responsabilités. Elle devait avoir un lourd problème à régler.

— En affaires, tout le monde n'est pas impitoyable, Tara.

— La plupart des gens le sont.

— C'est pour cette raison que tu cherches à donner une image aussi hostile ?

— Elle est conforme à ma vraie personnalité, lança-t-elle en haussant les épaules. Il y a des gens qui méritent une leçon.

Il tourna la tête pour lui faire face et elle éclata d'un rire qui déclencha en lui un trouble certain. Il ne put s'empêcher de la prendre par la nuque pour l'embrasser. Il sentit son corps vaciller contre le sien. Sans cesser de goûter ses lèvres, il lui prit le visage entre les mains et approfondit leur baiser tandis que ses mains descendaient vers son cou et sa gorge.

A voir la façon dont elle lui répondait, il était clair qu'elle aimait ça. Il s'écarta pour la fixer droit dans les yeux. Cette fille le rendait fou. Elle était trop dangereuse pour lui. Dangereuse, mais irrésistible. Il fallait qu'elle soit de nouveau à lui. Pour aller plus loin encore. Ni intimité, ni amour, ni toutes ces stupidités romantiques : une simple réponse au pur désir animal qu'elle éveillait en lui. Ils s'accordaient si bien tous les deux qu'elle allait passer le meilleur moment de sa vie. Peut-être, ensuite, ne se sentirait-elle plus si seule…

Il se leva, jeta quelques billets sur la table et lui tendit la main.

— Viens. On rentre à la maison.

Mais elle resta assise, immobile, sans même lever les yeux vers lui.

— Non, Michael.

Il jeta un regard à la ronde, dans le bar. Les gens riaient autour de la piscine. Des serveurs passaient au milieu d'eux avec une aisance toute professionnelle. Près de leur table, des femmes l'avaient visiblement reconnu. Le regard de Michael revint à Tara, toujours assise, les genoux serrés et les bras étendus sur le dossier du siège.

— Pourquoi ne veux-tu pas ? Tu ne ressens pas cette attirance qui nous lie ?

De sa vie, jamais il n'avait vu pareille réaction chez une femme qu'il venait d'embrasser.

— Ce n'est pas une question d'attirance. Ce qui compte, c'est ce qui se passe avant et après.

— Je ne te prenais pas pour une allumeuse !

— Moi, je t'ai toujours pris pour ce que tu es : un don Juan qui cherche à mettre chaque jour une nouvelle femme dans son lit pour mieux la rejeter ensuite. Ce qu'elle peut ressentir, tu t'en moques complètement. Mais moi, je vaux mieux que ça, ajouta-t-elle en se levant. Tu me tombes dessus à un moment où je me sens particulièrement vulnérable, parce qu'un investisseur m'a fait faux bond. Il n'empêche que moi, ça me stresse. Jamais, tu m'entends, jamais je ne retomberai dans tes bras. Je me sentirais trop sale, trop nulle.

Michael leva les yeux au ciel. Parfois, il ne comprenait pas les femmes.

— Je déteste l'idée que tu te sentes sale ou nulle après ce que nous avons fait. Cette alchimie entre nous existe, quel que soit son nom.

— Elle ne te donne pas le droit de me traiter ainsi. Et je sais que tu recommenceras dès que tu verras une ouverture.

Ses yeux bleus pleins de larmes lançaient des éclairs et un rictus de colère déformait sa bouche. Mais rien n'aurait pu arrêter Michael. Il l'attira à lui avant de poser sur ses lèvres un long baiser silencieux. Elle vacilla, parcourue d'un frisson.

— Tu auras beau dire et beau faire, tu sais que nous remettrons le couvert, lança-t-il. Et la prochaine fois, c'est toi qui me supplieras en pleurant. Tu ne te sentiras plus ni sale, ni nulle, ni en colère, tu te sentiras plus vivante que tu ne l'as jamais été.

Il la prit par le bras et la traîna littéralement jusqu'à l'ascenseur. Elle se laissa faire, mais Michael savait qu'il l'avait touchée, blessée, et qu'il devait se racheter de lui avoir fait subir une telle humiliation.

6.

Pas de doute, le gène de la beauté avait été largement dispensé aux femmes Cruz…

Tara feuilletait l'album de photos qui témoignait, page après page, décennie après décennie, de la splendeur de ces déesses aux noires chevelures et aux yeux de velours. Certaines, vêtues de la robe de mariée traditionnelle aux couleurs sombres, portaient mantille et semblaient plutôt prêtes à se rendre à un enterrement qu'à un mariage. Elle remarqua certains traits familiaux : le long cou gracieux, les sourcils hauts et épais, un visage ouvert et souvent plein de charme, et surtout un air d'intelligence allié à une grande élégance.

Elle se tourna vers Michael, version virile de cette beauté familiale, qui versait le café dans leurs tasses tout en l'observant avec attention. Elle ne s'était toujours pas remise de la scène qui avait eu lieu au Skybar, quand il l'avait embrassée aux yeux de tous avant de l'entraîner jusqu'à l'ascenseur avec la vitalité d'un homme des cavernes. Pourtant, une fois dans la cabine, il l'avait lâchée et depuis, il gardait soigneusement ses distances, sans qu'elle sache vraiment où il voulait en venir.

Ce qu'elle ne savait pas non plus, c'était comment elle avait pu supporter tout ça. Des émotions qu'elle n'avait plus éprouvées depuis des années bouillonnaient en elle et il devenait de plus en plus difficile de maintenir le couvercle dessus. Elle en avait même pleuré ! *Pourquoi ?* Même aux pires moments de sa vie, jamais elle n'avait versé une larme ; elle avait simplement rassemblé son énergie pour réussir à s'en sortir, sans jamais regarder en arrière. Alors pourquoi aujourd'hui tout cela remontait-il à la surface ? Juste au moment où elle apercevait la fin du tunnel et où la situation se dénouait en sa faveur. Enfin, dans l'ensemble… Elle aurait pu supporter la trahison de tous les Dutch Ronnie du monde, mais l'attitude de Michael Cruz ressemblait à un coup de grâce.

Elle jeta un autre coup d'œil dans la direction de son hôte, qui continuait à l'observer tranquillement d'un air sérieux, avec une étrange intensité, comme pour mettre au jour couche après couche ce qu'elle croyait enseveli à jamais. Il ne lui rappelait pas réellement son grand-père, mais jusque-là, personne ne lui avait fait se poser tant de questions sur elle-même. Au moment où elle touchait au but professionnellement, voilà qu'elle se sentait si déstabilisée qu'elle avait l'impression de commettre une imposture. Il lui avait ôté toutes ses certitudes et, en ranimant ses vieux fantômes, lui avait donné envie de s'enfuir loin, très loin.

Elle allait attendre Angelica jusqu'à la fin de la journée puis rentrer chez elle. Il le fallait, pour sa propre santé mentale.

— Tu as trouvé quelque chose qui t'inspire ?

En voyant Michael s'installer par terre à ses pieds et étendre ses longues jambes moulées dans un jean, Tara éprouva de nouveau cette poussée d'adrénaline qu'elle commençait à trouver familière. Entre eux, des piles de photos et d'albums, mais il dégageait une telle énergie qu'elle croyait sentir ses mains se poser sur elle. Elle recula un peu.

— Oui. Beaucoup d'éléments traditionnels peuvent être

réinterprétés, répondit-elle en tournant les pages. C'est bien dommage qu'Angelica ne soit pas là pour donner son avis.

Il poussa un soupir. Elle eut l'impression qu'il s'était rapproché, imperceptiblement.

— Elle ne va plus tarder, j'en suis certain. D'habitude, elle n'est jamais absente si longtemps. Tu as vu des photos de ma mère ? ajouta-t-il en se penchant pour prendre un album.

Oui, elle en avait vu, prises lors de son second mariage, avec le père d'Angelica et de Fernanda, un politicien espagnol. Une mariée classique de son époque. Mais l'album qu'elle aurait aimé voir, celui de son mariage avec le père de Michael, qui l'avait séduite alors qu'elle n'avait que dix-neuf ans, Tara ne l'avait pas trouvé.

— Tu ne figures sur aucune photo, dit-elle en reposant l'album des secondes noces.

— Non. Je n'étais pas là.

— Quel âge avais-tu ?

— Je ne sais pas exactement, répondit-il sans lever les yeux. Seize ou dix-sept ans.

— Et tu n'as pas été invité ?

Il émit un petit ricanement tendu.

— Je ne m'en souviens pas.

Elle se tourna vers lui, les sourcils froncés.

— J'ai du mal à le croire.

Il haussa les épaules sans cesser de feuilleter distraitement l'album, dont il s'était saisi.

— On dirait que ça s'est bien passé, tout à fait comme ma mère l'avait planifié.

Il leva les yeux vers elle, et une fois de plus, elle se sentit prise au piège de ce regard.

— Réellement, poursuivit-il, je ne me rappelle pas si j'avais été invité ou pas.

— Comment aurais-tu pu ne pas l'être ?

Au-delà de la comédie des apparences, quelle mère n'aurait pas désiré que son fils assiste à un pareil événement ? Et qui ne se rappellerait pas s'il avait été invité ou pas au remariage de sa propre mère ? A moins d'avoir été sur une autre planète à ce moment-là… Ce n'étaient que des rumeurs, mais elles prétendaient qu'à cette époque le joli garçon, l'enfant-vedette, était devenu incontrôlable. Et que sa mère s'occupait davantage de résoudre les problèmes des autres que ceux de son fils.

Sa petite amie et lui formaient le plus joli couple destructeur qu'on puisse rêver. Après avoir représenté en Europe une des plus grandes compagnies mondiales de sodas, Michael avait dégringolé la pente. Au moins, il s'en était sorti vivant…

— Ce n'était pas la meilleure période de ma vie, déclara-t-il comme s'il avait deviné ses pensées. En fait, ma mère aurait bien aimé que j'y assiste, mais je n'étais pas en état de m'en rendre compte ; parce que j'étais trop défoncé, ou trop soûl, ou les deux, ou avec une fille peu appropriée aux circonstances, voire avec un bataillon de filles peu appropriées. Et si malgré son envie elle ne m'a pas invité, c'est pour cette raison. Donc il valait mieux que le jour le plus important de sa vie échappe au désastre que j'aurais pu susciter.

De nouveau, il avait pris un ton très pragmatique. Tara se demanda si, dans la même situation, elle aurait été capable de faire preuve de tant de détachement.

— A mon avis, elle t'a invité mais tu étais trop englué dans tes problèmes.

Il lui adressa un sourire indulgent.

— J'étais devenu incontrôlable, je ne pensais qu'à moi. Aussi égoïste et occupé à me détruire qu'on peut l'être. Ma mère a cherché à renouer le contact, évidemment, mais c'était impossible. Par ma faute.

Tara connaissait le cocktail mortifère auquel il faisait allusion. Sa propre vie ressemblait à celle de Michael, en plus léger peut-être : pour elle, l'autodestruction avait été davantage une fiction qu'une réalité.

— Elle devait être morte d'inquiétude à ton sujet.

Il eut un de ses fameux sourires impénétrables. En voyant une photo de sa mère, son élégance, son allure de reine, Michael acquiesça imperceptiblement.

— Je ne la juge pas. Après avoir perdu mon père, elle avait bien le droit de refaire sa vie. Sans oublier que pour elle le retour en Espagne et la difficulté de s'y refaire des relations ont été un vrai crève-cœur.

Tara ne répondit pas. Elle n'était pas sûre qu'il ait envie de continuer à parler, ni d'avoir elle-même envie de l'entendre. Cela commençait à ressembler à une thérapie, qu'elle n'était pas prête à assumer.

— Tu as des photos du mariage de ton père et de ta mère ?

Michael eut un rire sans joie.

— Ce n'était pas ce genre de mariage. Pas de robe blanche ni d'habits. Pas de demoiselles d'honneur pour attraper le bouquet. C'était une fugue. L'East End de Londres envoûtant la vieille aristocratie espagnole. Une union commencée au ciel et qui s'est terminée en enfer, expliqua-t-il d'une voix pleine de désolation et d'amertume.

La blessure était toujours à vif, semblait-il. Tara faillit toucher le bras de son compagnon. Il était si près d'elle. Mais il le tendit pour prendre un autre album. Il semblait incapable d'en regarder vraiment les photos, mais elle n'eut pas un geste d'apaisement ou de consolation. Il finit par le reposer, étendit de nouveau les jambes, plus près d'elle encore, à moins que ce ne soit un effet de son imagination.

— Leur relation était particulièrement explosive. Feu

et passion, vies déracinées sans famille ni amis. Résultat : une vie débridée et un bébé.

— Toi ?

— Oui. Et puis tout s'est brisé. Mon père en a eu assez, c'est du moins ce qu'il a prétendu. Il travaillait pour des gens importants, avec de la pression. Alors, a-t-il tenté de nous protéger, elle et moi, ou en avait-il assez d'elle ?

Il haussa les épaules.

— Quelle importance ? reprit-il. L'essentiel, c'est qu'il a fini par la renvoyer chez papa et maman, et dix jours après, il est mort.

— Je suis désolée, dit Tara en lui posant la main sur le bras.

Il ne parut pas le remarquer. Comme si elle n'avait pas été là.

— Inutile, tu n'y es pour rien, dit-il enfin d'un air las sans la regarder. Et moi non plus, d'ailleurs. C'est tellement loin. Donc tu n'as pas besoin de me prodiguer ta sympathie.

De nouveau, Tara fut submergée par une vague d'émotion, comme s'il pouvait lire en elle et elle en lui.

— La seule chose que j'ai retenue, continua-t-il, c'est que même la passion la plus dévorante ne mérite pas qu'on s'arrache à sa famille. La passion finit par s'éteindre et mourir. Notre pilier, c'est la famille.

Tara retira sa main. La famille, un pilier ? Il le pensait pour de bon ? Décidément, il en avait une expérience très différente de la sienne ! Pour elle, la famille était précisément ce qui semait la discorde. Jamais un Devine ne l'avait contactée ni n'était venu la voir ; en ce qui la concernait, ils auraient tout aussi bien pu être morts et enterrés.

— Et ta famille à toi ? reprit-il. Tu n'en parles jamais.

Par où commencer ? Et fallait-il même commencer ? « Oh ! ma grand-mère était merveilleuse mais son mari était un tyran domestique. Elle l'a supporté jusqu'à sa mort, aussi stoïque que Jeanne d'Arc. Après quoi, il est devenu plus monstrueux encore, mais tout le monde l'excusait et s'en accommodait. On fermait les yeux, même s'il nous terrorisait tous, y compris les enfants. Quant à ma mère, elle se trouvait si nulle qu'elle n'osait rien dire et le laissait faire. »

Jamais elle n'avait osé s'enquérir de son père. Mais vue de l'extérieur, c'était la famille parfaite.

— Tara ?

— Ma famille ?

— Oui, ta famille. Frères, sœurs et squelettes dans le placard.

Les mots n'arrivaient pas à sortir. Son regard était plongé dans celui de Michael, mais ses lèvres restaient immobiles. Où étaient les mots ? Pas question de déballer son histoire à qui que ce soit, encore moins à Michael Cruz.

— Ça va ? demanda-t-il.

Son visage impénétrable semblait empreint d'une certaine empathie. Elle aurait préféré l'indifférence. Il voulut lui toucher la main, mais elle l'écarta brusquement.

— Très bien, dit-elle. Parfaitement bien. Pourquoi cela n'irait-il pas ? Ces photos me donnent des tas d'idées pour la robe d'Angelica. Puis-je en scanner quelques-unes ? Je crois que j'ai vraiment tout ce dont j'ai besoin.

Elle se leva en vacillant. Michael continuait à la dévisager, l'air de plus en plus troublé. Elle était en train de piétiner des photos et l'un de ses talons avait percé la couverture plastique d'un album.

— Calme-toi, dit Michael. Je t'ai simplement posé une question. Si tu n'as pas envie d'y répondre, pas de problème.

— Effectivement, il n'y a aucun problème et je ne vois pas de quoi tu veux parler.

Elle se pencha pour ramasser les photos. Il prit les albums.

— Tiens, dit-il en les lui tendant. Tout va bien.

L'idée qu'il se sente forcé de l'aider la rendait malade. Elle était en train de se ridiculiser alors qu'il s'était contenté de lui poser une question absolument anodine.

— Si ça ne t'ennuie pas, je vais faire des photocopies pour travailler tranquillement sur ces documents à Londres. Je préfère avancer mon vol et rentrer le plus vite possible. Inutile de me raccompagner, ton chauffeur peut s'en charger. Ça me conviendra parfaitement.

— Qu'est-ce qui te conviendra ? demanda-t-il en se levant à son tour.

Il lui prit les albums des mains et les posa sur la table basse. Lentement, précautionneusement. Puis il la fit doucement tourner sur elle-même et la poussa vers le canapé.

— Qu'est-ce que tu fais encore ? protesta Tara. Tu sais que j'ai horreur de ces comportements de macho.

Au lieu de la lâcher, il se mit à lui masser les épaules. Des petits cercles légers, avec un doigté parfait.

— Ce n'est pas un comportement de macho, dit-il sans s'arrêter. C'est ce dont tu as besoin en ce moment.

Elle ouvrit la bouche, mais il posa un doigt dessus pour la faire taire. En la voyant tressaillir, il se mit à rire.

— Tara, *querida,* il faudrait apprendre à te détendre. Tu es sans cesse sur la défensive. Je cherche seulement à t'aider. Vis dans le présent, laisse-toi porter.

— Tu es devenu bouddhiste ?

Il lui prit le visage entre les mains. Des pouces, il suivit la ligne de ses pommettes, lentement, avant de descendre vers sa bouche, sans la quitter de ses yeux de velours. Sous sa caresse, elle ouvrit la bouche sans même le vouloir ; sa langue vint goûter le pouce de Michael, qu'elle suça. Jamais elle ne s'en serait crue capable. Pourtant, cela semblait à la fois si étrange et si simple. Si normal, aussi.

— Tara.

Michael ne dit rien de plus, mais sa bouche vint remplacer son doigt sur celle de Tara.

Ce fut le baiser le plus doux, le plus tendre qu'on puisse imaginer. Un long moment, ils restèrent face à face, les yeux grands ouverts. De nouveau, Michael lui caressa le visage.

— Ne pense plus à rien d'autre, murmura-t-il.

Il baissa la tête pour recommencer à l'embrasser. Un baiser rempli de délicatesse et d'attention, qui éveilla en Tara un sentiment qui lui fit peur. Elle tenta de repousser son partenaire, qui chercha à l'apaiser :

— Ce n'est qu'un baiser. Rien de plus.

De nouveau, il posa les lèvres sur les siennes, cette fois avec plus de fermeté, une fermeté rassurante, puis sa langue se fraya un chemin dans la bouche de Tara et elle eut l'impression que jamais encore on ne l'avait embrassée de cette façon. Accord parfait entre les lèvres de Michael et les siennes, leurs langues qui jouaient à la perfection, leurs souffles tièdes qui se mêlaient…

Des vagues de plaisir montèrent en elle. Le corps aux anges, elle s'épanouissait comme une fleur. De sa gorge monta un gémissement d'abandon et de joie. Tara lui caressa le visage et sentit sous ses doigts sa barbe naissante. Elle aimait cela.

Elle voulut approfondir leur baiser, mais il lui résista et s'écarta d'elle. Elle avait tellement envie de lui…

— Tu te sens mieux ? s'enquit-il en la tenant à distance. Plus calme ?

Elle ravala le désir qui la torturait. Pourquoi s'était-il arrêté ? Pourquoi la repoussait-il ainsi ? Regrettait-il de nouveau de s'être laissé entraîner ?

Elle se demanda si elle se sentait plus calme. Non, elle se sentait exposée et vulnérable.

— Merci, dit-elle, mais ce qui m'apaiserait, c'est si tu me laissais tranquille.

Il hocha la tête en souriant.

— Tara, encore sur la défensive... Toi et moi ensemble, c'est de la dynamite. Il faut t'en servir à ton avantage, y prendre plaisir, c'est tout.

— Peut-être, mais tu ne me trouves pas déplacée ici ? Comme ces filles que tu n'as pas voulu emmener au mariage de ta mère ?

Il se rapprocha pour lui caresser la joue. Elle voulut reculer pour lui montrer qu'elle était tout aussi capable que lui de s'écarter.

— Tara, tu es plus dure avec toi-même qu'aucune autre personne de ma connaissance. Pourquoi ?

Elle ferma les yeux pour ne plus le voir et pour contenir les larmes qui montaient en elle, déstabilisée par ses émotions. Cette fois, elle n'aurait pas assez d'énergie pour les maîtriser.

— On a déjà épuisé le sujet. Je ne suis pas venue pour m'amuser avec toi, ni avec n'importe qui d'autre, d'ailleurs. Je suis là pour travailler. Et maintenant, j'aimerais faire ces photocopies, terminer mes bagages et partir.

Tara ne reconnut pas sa propre voix dans cette supplique rauque et déchirée. En évitant de se tourner vers Michael, elle commença à rassembler les photos éparpillées qu'elle avait choisies. Il la prit par le poignet pour l'obliger à lui faire face.

— Tu sais, tu as vraiment dans la tête tout un fatras qui t'empêche d'avancer. Tu cherches à donner l'image d'une fille qui se moque de tout alors qu'en réalité, dès que tu as peur, même s'il n'y a pas vraiment de danger, tu recules. Je ne comprends pas que tu dépenses tant d'énergie à batailler contre les gens. Tara ! S'il te plaît, regarde-moi.

Il eut beau l'attirer vers lui, elle ne tourna pas la tête. Dans deux minutes, elle aurait repris le contrôle, elle en était certaine. Qu'il reste seulement deux minutes à distance et il allait voir. Elle tenta de se rappeler les techniques de respiration qui figuraient dans ses manuels de développement personnel. Deux minutes et elle aurait de nouveau la situation en main…

— Tara ?

La voix de Michael était plus calme. Comme s'il percevait qu'il avait réussi à dompter le tigre en Tara. Mais cela rendait les choses plus difficiles encore pour elle. Elle tenta de libérer son poignet.

— Pourrais-tu enfin me lâcher ? chuchota-t-elle dans un souffle.

Il n'obéit pas, l'attira contre son torse et lui caressa doucement les cheveux et le dos en murmurant des paroles apaisantes. Elle ne comprenait pas ce qu'il disait, mais c'était tendre et gentil. Elle aurait aimé s'abandonner et l'accompagner dans les eaux tièdes où il cherchait à l'entraîner. Néanmoins, c'était bien trop difficile — elle n'avait pas l'habitude d'un tel confort. Non, elle n'avait jamais connu tel abandon, même avant la mort de sa grand-mère. Les Devine avaient toujours formé une famille dure, sans cesse en train de batailler, jamais tranquille. Bruit, énergie et action. Sans parler de cette peur qui vous donnait envie de vous cacher.

Elle respira profondément, lentement. Dans la maison, il y eut des bruits de porte et de talons, un changement d'atmosphère. Elle se raidit. Michael s'agrippait à elle comme s'il voulait lui insuffler de la force. Une force qu'elle pouvait absorber, ou rejeter comme elle en avait l'habitude.

Le bruit de pas se rapprocha, mais il ne céda pas.

— Michael ! Tara ! Vous êtes là, tous les deux.

Tara le repoussa et il la lâcha enfin. Elle leva le menton, se passa rapidement la main sur le visage et réussit à sourire. Elle était prête.

7.

Angelica ne semblait nullement décontenancée, même si c'était la première fois qu'elle trouvait Michael dans ce genre de situation. Elle traversa la pièce en souriant, ramassant quelques photos ici et là, nommant au passage tel cousin ou telle tante. Comme si la pièce avait été jonchée de simples confettis au lieu des vestiges d'un carnage émotionnel.

D'ailleurs, sa sœur avait bien raison de faire semblant de ne rien voir. Tout était parfaitement cloisonné. Certes, par le passé, Angelica avait déjà croisé ses maîtresses, mais il avait toujours soigneusement tenu ses sœurs à l'écart de ses histoires, cela valait mieux. Elles n'avaient pas besoin de connaître des femmes qui n'étaient que de passage, car cela risquait d'envoyer à ces dernières un mauvais signal.

De son côté, Tara semblait complètement déstabilisée. Peut-être parce qu'elle n'avait pas l'habitude de se retrouver avec une seule personne, en tête à tête, elle qui allait de fête en fête. A moins qu'elle ne soit trop occupée à lutter contre l'attirance qu'elle ressentait à son égard.

Toutefois, elle n'était pas la seule à être troublée après ce qui venait de se passer entre eux. Pour qu'il en arrive à lui parler de sa mère… Même quand Fernanda lui demandait comment elle était vraiment, elle qui l'avait si peu connue, il avait toujours réussi à éluder. C'était tellement triste, encore maintenant.

Il observa Tara, qui parlait trop vite à Angelica. Ses joues étaient écarlates et elle n'arrêtait pas d'entortiller des mèches de cheveux autour de ses doigts et de les tripoter comme si elles étaient vivantes. Elle se gardait bien de regarder dans sa direction, alors que dix minutes plus tôt elle s'était jetée sur lui pour le caresser avec une incroyable avidité.

Elle finit par rassembler une pile de photos et s'asseoir sur un canapé avec Angelica. Sa sœur avait le chic pour arrondir les angles — même ceux de Tara, qui étaient durs et pointus.

Cette fille donnait vraiment l'impression d'avoir de gros problèmes, mais elle avait élevé de solides barrières pour se protéger de toute intrusion. Certains hommes auraient sûrement tenté de les briser, parce que c'était une belle personne, et de tant de façons. Son allure, d'abord, et pas seulement ce qu'on remarquait d'emblée : ses lèvres, son épaisse chevelure qu'elle n'arrêtait pas de toucher, ses yeux bleus et son énergie. Mais maintenant qu'il la connaissait un peu mieux, ce qui lui plaisait davantage encore, c'était la passion qu'elle mettait en tout, sa volonté et cette étrange douceur qu'elle s'appliquait à dissimuler. Jamais il n'avait éprouvé pareils sentiments. Nul doute qu'elle devait faire grosse impression dans le milieu de la mode, à en juger par ce qu'il ressentait lui-même.

Il s'assit sur un autre canapé pour consulter ses e-mails sur son téléphone — ou du moins faire semblant. Il allait en avoir pour des heures à les lire et à y répondre. Tant mieux, cela l'absorberait. A présent, Tara bavardait tranquillement avec Angelica, et rien ne transparaissait plus de l'abîme d'émotions qui avait failli les engloutir quelques minutes plus tôt.

Sur un carnet, elle esquissa quelques croquis inspirés par certaines photos. Il aurait bien aimé voir à quoi ils ressemblaient. Puis sa sœur et elle se mirent à parler tissus. Il cessa alors d'écouter pour tâcher de se concentrer sur les réponses à rédiger.

Le contraste entre ces deux femmes était absolument saisissant : Angelica, parfaitement calme et contrôlée, et Tara, tout en énergie et en mouvements. L'une sombre et sereine ; l'autre blonde, pleine de vitalité, si naturelle qu'il ne pouvait détacher ses yeux d'elle. Elle illuminait littéralement la pièce.

Angelica surprit son regard et se leva pour sortir en lui souriant sereinement au passage. Michael se pencha sur son écran, mais impossible de s'intéresser à ses affaires.

— Et ton vol ? demanda-t-il soudain à Tara. Tu es toujours décidée à rentrer ce soir ?

De l'autre bout de la pièce, elle lui jeta un regard éloquent. Méfiant et circonspect, mais elle acceptait quand même de communiquer. Pour toute réponse, elle se contenta de hausser les épaules.

— Tu ferais mieux de rester, dit-il. Au moins une journée de plus. Tu as l'air fatigué.

A l'idée qu'elle pourrait reprendre l'avion, il était en proie à une émotion qu'il préféra ne pas chercher à nommer. Ils avaient tous deux besoin de faire le point sur cette extraordinaire attirance qui les liait, de voir jusqu'où elle allait. Plutôt loin, il le devinait. Jamais il n'avait connu une femme aussi sensuelle. De ce côté-là, elle avait encore de la réserve, il le pressentait. Il n'avait qu'une idée en tête, l'aider à explorer toutes ses possibilités.

— Je vais rester jusqu'à demain matin. L'après-midi, j'ai rendez-vous à Londres avec un banquier dont je dois obtenir l'aval pour renégocier un prêt, déclara-t-elle sans lever les yeux de son carnet de croquis.

Puis elle reprit quelques photos, qu'elle fit mine de trier.

— Heureusement qu'Angelica est arrivée, sinon je

me serais complètement trompée sur ses goûts. Elle est beaucoup moins classique que je ne l'imaginais.

— Vraiment ? Tu me surprends. Peut-être est-ce toi qui l'as inconsciemment poussée à choisir un style moins raisonnable et plus branché. Pour être honnête, elle n'a jamais fait preuve de beaucoup d'audace dans ce domaine. En tant que tuteur, je ne m'en suis jamais plaint : je préfère que mes sœurs évitent les conduites à risque.

— Ça peut se concevoir.

— Tu le penses vraiment ?

Cela l'étonnait un peu après les reproches qu'elle lui avait faits sur sa volonté de contrôler la vie de Fernanda.

— Je ne comprends pas bien ton changement d'attitude, ajouta-t-il.

— J'essaie d'adopter ton point de vue et d'envisager toutes tes responsabilités. Moi, je n'ai jamais été responsable que de moi-même.

— Comme la plupart des gens de ton âge. Moi aussi, avant l'accident. S'il ne s'était pas produit, j'aurais peut-être continué à mener la même existence.

Très certainement. En un instant, sa vie avait basculé. Or, bizarrement, voilà qu'il éprouvait cette impression de nouveau. Il se dirigea vers Tara. Dans la pile de celles qu'elle avait choisies, il prit quelques photos qu'il observa, avant de jeter un coup d'œil à son carnet.

— Je peux ?

Elle avait l'air terriblement tendue et tenta de dissimuler ses croquis.

— J'aimerais autant pas. Dans mon travail, je suis assez exclusive, tant que je ne suis pas vraiment satisfaite. Ce n'est que…

— C'est une part de toi-même que tu préfères ne pas montrer, comme tu cherches toujours à te dissimuler derrière tes cheveux, tes vêtements ou tes outrances. Tu te corriges plus sévèrement encore que je ne le fais dans mon travail, *querida*. Ce qui n'est pas une critique, ajouta-t-il en voyant qu'elle n'avait pas l'air ravi de cette analyse.

Il aurait tant voulu lui redonner le moral. Après avoir observé la veille au soir ce déferlement d'émotions, il savait à quel point il était facile de susciter en elle colère ou passion. C'était la passion qu'il voulait voir renaître, ces baisers qu'ils avaient échangés avant le retour d'Angelica, si tendres et si sensuels. Dans ses bras, il l'avait sentie si vivante, avant que la frayeur l'emporte. Une chatte sauvage — belle, méfiante et difficile à apprivoiser. Mais Michael commençait à se dire que le jeu en valait la chandelle.

Il tendit la main pour lui effleurer doucement les cheveux.

— Je ne te juge pas. Tu es comme tu es, et tu es la seule à connaître ton histoire. Je serais bien le dernier à vouloir t'arracher des détails que tu n'as pas envie de partager. Pourtant, Tara, il se passe entre nous quelque chose. Que je n'ai jamais connu auparavant, c'est pourquoi je ne veux pas perdre davantage de temps à me bagarrer avec toi. Qu'en penses-tu ?

Il la prit par le menton et plongea le regard dans les profondeurs de ses grands yeux bleus. Quel visage ! Si franc et ouvert, un court instant. Mais elle s'empressa de fermer les paupières pour lui échapper.

— Tu sais très bien ce que je ressens, Michael. Je n'ai pas envie que tu me prennes pour me laisser tomber ensuite.

Elle ne voulait toujours pas le regarder. Lentement, il lui caressa la joue et s'absorba dans la douceur de sa peau, le long de sa mâchoire, du menton au lobe rose et parfait de son oreille. Elle frémit. Cela l'enflamma. Cette nuit, elle serait à lui. Même si ce devait être sa dernière action en ce monde.

Soudain, une voix le fit sursauter :

— Vous avez envie de manger ?

Angelica !

— J'ai fait servir un repas léger sur la terrasse, reprit celle-ci. Hélas, je crains de ne pouvoir me joindre à vous.

— Que se passe-t-il, Angel ? Tu as eu le roi au téléphone ? Ou un grave problème t'appelle au rayon maquillage ? s'enquit-il en laissant délibérément la main sur l'épaule de Tara.

Celle-ci voulut s'écarter de lui, mais il l'en empêcha et resta debout tout près d'elle. Il tenait absolument à ce qu'elle se calme.

— Très drôle, Michael. Non, pas de mission spéciale ce soir, mais je dois accompagner mon futur mari à une cérémonie officielle. Il se sent négligé et ça le rend triste. Tara, j'espère que tu ne m'en voudras pas de repartir si vite, mais peut-être notre conversation suffira-t-elle à t'inspirer.

— Absolument. De toute façon, nous nous reverrons à Londres dans deux semaines. Auparavant, je t'enverrai des e-mails pour que tu m'éclaires sur certains détails. En tout cas, grâce à ce voyage, j'ai déjà beaucoup progressé.

Elle alla embrasser Angelica, avec une réelle affection qui surprit Michael. Pourtant, Tara n'était rien qu'un « projet » de sa sœur parmi tant d'autres… Celle-ci avait dû surprendre son geste de tendresse, qu'il n'avait accompli que dans l'intérêt de Tara, pour qu'elle garde le moral. Pourvu qu'Angelica ne l'interprète pas d'une autre façon !

— Tu veux dîner maintenant pour sortir ensuite, puisque c'est ta dernière nuit ici ? proposa-t-il à Tara. A moins que tu préfères rester ici à te détendre ou à travailler sur tes croquis ? Dis-moi ce qui te convient le mieux.

Après le départ précipité d'Angelica, l'ambiance était redevenue plus calme. Les employés étaient partis, il ne restait plus qu'eux dans la maison. Tara se tourna vers lui, les joues rouges, les yeux brillants, les lèvres entrouvertes. Il avait une envie folle de la prendre dans ses bras.

— Tu as terminé ton travail ?

— Oui, pour le moment, acquiesça-t-elle en contemplant la pile de papiers posée devant elle.

Michael la sentait hésiter. Sans doute devinait-elle qu'il brûlait d'envie de la toucher. Il fallait qu'ils parlent à cœur ouvert avant d'explorer plus profondément l'étrange alchimie qui les liait. De cette façon, ils agiraient en toute connaissance de cause, elle ne risquerait pas d'en souffrir ; de son côté, il n'aurait pas besoin de revenir sur le passé.

— Tara ?

Rien que son prénom suffit à emplir l'air d'un souffle passionné. Elle le fixa d'un regard aigu.

— Je veux vraiment en finir avec ce que nous avons commencé, expliqua-t-il. J'en ai besoin, et je crois que toi aussi.

Elle s'appuya au dossier de la chaise qui se trouvait près d'elle.

— Et moi, je crois qu'il me faut prendre mes distances avec toi, Michael.

— Je sais que je t'ai fait du mal, mais c'est plutôt l'effet de ton imagination que de mes actes. La première fois que je t'ai vue, je me suis montré brutal, je le reconnais. En théorie, tu n'étais pas du tout mon type. Cependant, à la minute où nous nous sommes retrouvés seuls dans la voiture, puis chez moi, je n'ai pas pu m'empêcher de te toucher. Regarde l'effet que ton corps produit sur moi. Je ne peux plus faire semblant de l'ignorer. C'est au point que j'ai même du mal à rester debout à côté de toi en me disant que ce sont les dernières heures que nous passons ensemble.

En voyant s'assombrir ses grands yeux bleus, Michael comprit qu'elle était prête. Il ne put s'empêcher de la dévorer et de la caresser à la fois du regard. Elle portait une blouse de soie si légère qu'elle laissait deviner les moindres réactions de son corps. Ses mamelons se dressaient sous le léger voile et elle se mit à haleter doucement, aussi prête pour lui qu'il l'était pour elle. Le mur protecteur s'était lézardé. Une pichenette suffirait à le mettre à bas.

— Tu sais ce que je ressens quand nous sommes ensemble, Tara. Nos bouches s'accordent à merveille. Jamais je n'ai embrassé personne de cette façon.

Elle acquiesça. Impossible de le nier, leurs baisers étaient des feux d'artifice.

— Ta peau est douce comme la soie, et si je te caresse à un endroit, j'ai aussitôt envie d'y poser la bouche. De te toucher, de t'embrasser, de te lécher partout. Je ne l'ai pas fait encore, et il faut que je le fasse. Enlève ta blouse et laisse-moi te contempler, je t'en prie.

Elle dénoua les liens de soie qui fermaient son haut. Les yeux de Michael ne quittaient pas sa poitrine aux rondeurs laiteuses. Il n'aspirait plus qu'à une chose : les toucher, la prendre dans ses bras et la faire crier de plaisir en posant la bouche sur ses mamelons fermement dressés.

— Tu es si belle, murmura-t-il en s'approchant d'elle.

Soudain, elle fit un pas en arrière.

— Michael, c'est trop fort, cela m'effraie. Tu m'effraies avec tout ce que tu me fais, tout ce que tu pourrais me faire, bien que je sache parfaitement ce que tu penses de moi.

Il lui prit la tête entre les mains pour mieux plonger son regard dans le sien.

— Ce que je pense vraiment de toi ? Je pense que tu es une fille extraordinaire et je respecte tout ce que tu as fait dans ta vie. Tu es brillante, vive, et tu possèdes une énergie étonnante. J'aime ton corps, tu le sais, et j'ai même du mal à admettre que je l'aime à ce point. Puisque nous sommes ici ensemble, pourquoi ne pas continuer cette expérience ? Cela ne peut nous faire que du bien à l'un et à l'autre.

Il se pencha pour lui effleurer la bouche et laissa ses lèvres trouver leur chemin vers celles de la jeune femme. Sa langue chercha celle de sa proie et s'y enroula.

Tara s'absorba dans les sensations inouïes qui la traversaient, heureuse de se sentir purifiée par le feu qui la parcourait, et renonça à s'opposer plus longtemps à cette vague irrésistible d'énergie sexuelle.

Michael crut devenir fou. Sa belle Anglaise était enfin avec lui, gémissante, le bassin plaqué contre le sien. Son érection répondit à ce contact et il dut se retenir pour ne pas arracher leurs vêtements. Sans cesser de la caresser, il dégrafa son soutien-gorge et lui prit les seins dans les paumes. Comme elle rejetait la tête en arrière, il dévora de baisers la pâle colonne de son cou.

— La chambre, vite ! lança-t-il comme une supplique.

Il la souleva et elle ferma les yeux. Elle était tendre et tiède entre ses bras. Précieux fardeau.

Une fois dans la chambre, Michael remit Tara debout. Aussitôt, elle se transforma en chatte sauvage, lui ôtant ses vêtements en toute hâte. Puis elle s'agenouilla et le prit dans sa bouche.

Ses lèvres parcouraient son érection d'un mouvement doux mais expert. En gémissant, il enfouit les mains dans ses cheveux. Très vite, il la contraignit à se relever, de peur de craquer. Elle le fixa d'un regard sauvage et un peu hagard. Elle n'était qu'à demi nue et il voulait voir son corps tout entier. Il la prit par la taille pendant qu'elle ôtait son pantalon, et laissa courir la bouche sur toutes les parties de son corps qui passaient à sa portée.

Quand elle fut enfin nue, allongée sur le lit, ses seins parfaits et le triangle bouclé entre ses cuisses semblèrent appeler sa bouche. Où diable se trouvaient les préservatifs ? Il finit par en trouver un, qu'il enfila précipitamment.

— Tara, je n'en peux plus. Il faut que je te prenne…

Pour toute réponse, elle ouvrit les jambes. Il se glissa alors en elle et la posséda sans quitter des yeux son beau visage. Cette union passionnelle, puissante, primitive, lui offrit l'orgasme le plus intense qu'il ait jamais éprouvé.

Il s'effondra sur Tara, encore dur, haletant, le cœur battant à se rompre. Mais elle avait encore besoin de lui, il le savait. Il se souleva sur les coudes pour la contempler, comme s'il pouvait la pénétrer du regard. Puis il l'embrassa longuement, convaincu que ce qui venait de se passer était bénéfique, positif — car tellement évident —, et que cela pouvait la protéger.

Reprenant l'initiative, Tara s'écarta de lui, le fit rouler sur le dos et le chevaucha. Instantanément, son désir enfla de nouveau. Jamais il n'avait rien vu ou ressenti d'aussi érotique. Il prit sa maîtresse par les hanches pour la positionner où il voulait. En l'entendant crier son orgasme, Michael se sentit plus mâle que jamais. Cette femme si belle et sauvage était la quintessence de la féminité.

Il l'attira contre lui pour lui embrasser le visage, la poitrine, le ventre, les jambes, enfila un préservatif neuf et s'introduisit de nouveau en elle. Ils restèrent allongés ainsi, en accord parfait, échangeant des baisers. Deux corps en fusion, deux bouches avides, deux cœurs battant à l'unisson avec une ferveur passionnée.

En ouvrant les yeux, Michael se dit qu'entre eux existait un lien d'un autre ordre que le sexe, plus profond, et qu'il allait devoir l'assumer, même s'il était incapable de lui donner un nom. Tout ce qu'il pouvait, c'était la prendre, et c'est ce qu'il fit jusqu'à ce qu'il sente qu'elle jouissait de nouveau. Elle s'accrocha à lui, ondula comme une furie ;

alors il éjacula en elle, dans un spasme d'une force qu'il n'avait jamais connue encore.

— Tara, murmura-t-il contre ses cheveux en la serrant dans ses bras. C'était…

Il voulait qu'en cet instant où ils gisaient, pantelants et trempés de sueur, elle se sente totalement adorée. En riant, il se mit au-dessus d'elle pour la contempler. Elle ferma les yeux et se mura dans son silence.

— Tu es si belle, si sexy.

— Et si indécente, soupira-t-elle.

— Pourquoi réagis-tu de cette façon ? Pourquoi démolir ce que nous venons de vivre ensemble ?

Elle n'ouvrit pas les yeux. Son visage se crispa, comme son corps tout entier. Il comprit qu'elle tentait de reconstruire ses défenses.

— Tara, tu as besoin d'aide. On t'a fait du mal, au-delà de ce qu'on peut imaginer et de tant de façons. Il n'y a rien d'indécent à ce que nous venons de faire. Au contraire, c'était merveilleux.

Elle souleva les paupières, sans répondre toutefois. Michael la serra plus fort. Il la sentait ailleurs. Elle avait beau être blottie contre son torse, un mur épais les séparait. Il lui caressa les cheveux et les bras en lui murmurant qu'elle était douce. Mais rien à faire. Qu'avait subi cette femme pour se comporter ainsi ? Etait-ce à lui de le découvrir ? Il ne pouvait pas la laisser dans cet état.

Elle se leva soudain et se mit à parler sans paraître s'adresser à lui précisément.

— Michael, tu es un type bien. Un bon frère pour tes sœurs. J'ai passé ici avec toi des moments très agréables, mais je crois que nous avons commis une erreur et que nous ne sommes pas sur la même longueur d'onde. Alors, merci pour tout, en particulier pour le bon temps passé en ta compagnie. Maintenant, il faut que je me prépare, car je dois absolument rentrer à Londres pour résoudre mon problème de trésorerie. Et puis, il faut que je termine ces croquis et que je m'occupe de mon défilé à Paris. J'ai vraiment des tas d'affaires à régler.

Il la regarda, stupéfait, tandis que, nue et splendide, elle ramassait ses vêtements éparpillés dans la pièce. Puis elle se dirigea vers la porte, l'ouvrit et se retourna à demi pour lui adresser le sourire le plus coquin, le plus sexy qu'il ait jamais vu. Marilyn en personne — et aussi atteinte qu'elle.

Qu'avait-il fait ? Où était-il allé se fourrer et comment allait-il réussir à s'en tirer ? Cette femme avait besoin de quelqu'un. Elle avait besoin de parler de ce qui l'avait traumatisée. Elle avait besoin qu'on s'occupe d'elle, c'était aussi simple que cela. Oui, Tara Devine était la créature la plus vulnérable et la plus impénétrable qu'il ait jamais connue.

Conclusion : mieux valait la laisser définitivement sortir de sa vie.

8.

Ces banquiers étaient des monstres, pires que ce qu'elle avait imaginé. Quant à cet abruti qu'elle avait engagé un peu trop vite, soi-disant expert-conseil, il avait pondu un horrible *business plan*. Elle aurait mieux fait de tout vérifier elle-même au préalable, ou de trouver un garant sérieux — même si, en toute honnêteté, il lui fallait bien reconnaître qu'elle n'en connaissait pas. Les fêtards savaient s'amuser, mais dès que votre verre ou votre compte en banque était à sec, ils disparaissaient plus vite que le champagne en *open bar*.

Pour se remonter après cet épuisant rendez-vous qui lui tapait sur les nerfs, elle s'offrirait le plus efficace des remèdes : le rayon beauté de Selfridges. Elle ferma les yeux pour parcourir en imagination l'emplacement de ces nouvelles ombres à paupières brillantes et flashy dont elle n'allait plus pouvoir se passer, au moins durant quinze jours. Et aussi celui des vernis à ongles d'hiver, pourquoi pas ? se dit-elle en contemplant ses cuticules abîmées.

Elle écouta distraitement le banquier lui lire les clauses particulières du prêt. En regardant sa montre, elle aperçut un bleu sur son bras. Une marque de doigts. Voilà ce qui se passait quand on pratiquait trop sauvagement le sexe avec l'homme le plus chaud du monde.

Son cœur se mit à battre la chamade. Combien de

temps encore devrait-elle supporter cette sensation qui lui brûlait la poitrine ?

— Ces termes vous conviennent-ils, mademoiselle Devine ?

— Je n'ai guère le choix.

— Vous pouvez toujours aller voir si on vous offre de meilleures conditions ailleurs.

Elle croisa les jambes. Sa robe remonta, mais ça lui était bien égal. Les bas autofixants, c'était idéal pour se donner l'impression qu'elle avait au moins un avantage. Voir les regards lascifs des mâles s'égarer vers le haut de ses jambes lui procurait une petite satisfaction. Même si ensuite ils continuaient à la toiser d'un air méprisant.

— Sans doute. Je sais très bien que vous avez augmenté le taux d'intérêt parce que j'ai le dos au mur.

Elle prit la feuille de papier pour y apposer sa signature, se leva et lissa sa minirobe de jersey écarlate qui n'en avait nul besoin. Puis elle serra ce qui servait de main à ces requins et fila.

Une bonne chose de faite ! Il lui restait quelques appels de dernière minute à passer et des détails à régler concernant son déplacement de la semaine suivante. Il lui faudrait également lever le léger doute qu'elle avait à propos de ce contrat passé avec un blogueur.

Cela ne lui ressemblait pas : d'habitude tout était parfaitement sous contrôle. Or depuis son retour de Barcelone, elle ne maîtrisait plus rien. Pire, elle ne se sentait même plus vraiment concernée. Comme si elle était allée tout droit dans un mur et qu'elle se retrouvait à présent allongée dans les décombres. Physiquement crevée, mentalement épuisée et émotionnellement ratatinée. Une vraie dégringolade — ou plutôt l'impression que l'univers s'était réorganisé et qu'elle se retrouvait en dehors, seule et sans espoir de retour.

Elle descendit Oxford Street pour chercher l'apaisement au milieu de la foule. Quand son malaise avait-il pris racine ? Quand elle rentrait de l'école en s'arrêtant devant chaque magasin, chaque maison, pour tenter de faire durer au maximum le trajet ? Quand elle évitait la maison, si elle savait que son grand-père y serait arrivé avant elle ? Quand elle sortait par la porte du fond s'il franchissait le seuil de l'entrée principale ? Quand elle organisait et préparait sa fugue ? Quand elle rêvait du jour où ce serait elle qui commanderait et pas lui, où elle ne dépendrait plus de personne d'autre qu'elle-même ?

Elle avait atteint son but. Dès qu'elle avait posé le pied à Londres, elle avait compris que ce monde-là lui appartenait. Peut-être un jour réussirait-elle à se libérer et à partager le pouvoir avec quelqu'un d'autre, mais il était beaucoup trop tôt encore pour l'envisager.

Mais la vraie question demeurait : que lui était-il arrivé pour qu'elle retombe dans le lit de Michael Cruz ? La pire bêtise à faire. S'il avait envahi son espace mental, elle ne pouvait s'en prendre qu'à elle-même.

Elle entra dans la première parfumerie venue et offrit machinalement son poignet à l'hôtesse. Un parfum fleuri. Beurk !

Dans son sac, son téléphone s'illumina et son cœur se mit à battre. Mais non, c'était un message d'un ami publicitaire qui travaillait parfois avec elle. Ce soir, il y avait une fête à laquelle devaient assister des gens intéressants, en particulier un jeune Danois issu d'une famille richissime et qui cherchait à placer son argent. Tara ferait bien de se rendre à Shoreditch pour convaincre ce Lars qu'investir dans Devine Design était le meilleur des placements.

Tara fronça les sourcils. C'était une vraie opportunité et elle aurait dû être contente, mais à la simple idée de tout recommencer, elle se sentait épuisée. Que porter ?

Comment faire le trajet ? Combien de temps rester ? Que boire ? Avec qui bavarder ? Elle n'avait qu'une envie, un bon bain et au lit. Oui, bon, elle se mentait un peu car ce dont elle avait *vraiment* envie, c'était que Michael Cruz la prenne dans ses bras.

Le sexe avec cet homme lui faisait perdre la tête. Comment avait-elle pu prétendre qu'il était à peine moyen ? Comment avait-elle pu dire une chose pareille à un homme qui lui avait manifesté tant de sollicitude et d'intérêt, qui s'était même confié à elle ? Pour le tenir à distance, elle n'avait pas hésité à le blesser, volontairement. Et elle avait réussi.

Elle sortit de la parfumerie et se remit à marcher au milieu de la foule. Elle était encore plus hypocrite que lui. Elle aurait dû avoir honte de manquer à ce point d'honnêteté.

Lorsque son téléphone s'illumina de nouveau, elle s'assit sur un banc pour lire le message. Elle espéra que c'était Michael, mais il n'en était rien. Un nouveau problème : le coût de transport du matériel pour Paris avait augmenté. Plus question de se permettre de zapper cette soirée.

Au bout de quatre coupes de champagne, Tara décida qu'elle n'avait plus rien à perdre. Elle était de nouveau en chasse et décida de trouver des célébrités — des vraies. Ou de flirter avec Lars, sauf qu'elle n'arrivait pas à le trouver. En dernière extrémité, elle noierait son chagrin au lieu de s'apitoyer sur elle-même.

Elle consulta son téléphone. Rien. Avec le *señor* Cruz, elle s'était montrée très claire : il était la dernière personne dont elle ait envie d'entendre parler. Alors pourquoi son cœur battait-il si fort chaque fois qu'elle se livrait au pitoyable petit rituel de surveiller sa messagerie ? Elle avait tout fait pour qu'il ne la recontacte jamais ; tout fait pour le mettre à genoux et le blesser, même si elle détestait cette idée. Mais à force de jouer au chat et à la souris…

Un autre verre. Et maintenant, un petit tour aux toilettes. Sa nouvelle ombre à paupières turquoise lui rougissait le blanc de l'œil. A moins que ce ne soit l'alcool. Elle devait trouver ce Lars. Il devait bien être là, bon sang !

Elle perdit l'équilibre et son pied glissa en avant. Ces chaussures stupides avec leurs talons trop hauts ! Du champagne lui avait éclaboussé la main. Elle le lécha. Quelqu'un lui prit son verre.

— Hé !

— Tu te rends compte de l'état dans lequel tu es !

Elle se figea, en panique, incrédule.

Lui ! Michael.

Elle leva les yeux vers Michael. Il était toujours aussi superbe Avec son teint hâlé et une ombre de barbe. Elle voulut l'effleurer du bout des doigts, mais il lui prit le poignet.

— Tara, tu vas bien ? Tu ne crois pas que tu as assez bu ?

Elle voulait simplement le toucher.

— Salut, mon chou. Oui, je prends du bon temps. Qu'est-ce que tu fais là ? Tu es venu faire la fête ? Il te faut un verre ! Rends-moi le mien et allons au bar.

— Je n'en ai pas envie.

— Pourquoi ? Allez. Ils ont un champagne excellent et je viens de renverser le mien.

Elle voulut reprendre son verre, mais il l'en empêcha. Ce type était un rabat-joie de première.

— Tu as déjà trop bu.

Elle trébucha en tentant de se redresser.

— J'ai pris deux ou trois coupes. Peut-être quatre. Enfin, cinq. Allez, Michael, viens t'amuser ! Et puis il faut que je trouve Lars.

— Qui est Lars ?

Excellente question.

— Je n'en sais rien. Un type plein de fric qui va m'en donner.

— Il te doit de l'argent ?

Elle éclata de rire un peu trop fort et vacilla contre Michael. Une sensation très agréable. Elle le saisit par la chemise.

— Cruz…

Il lui prit les bras pour la tenir à distance.

— Tara, du calme. Dis-moi un peu : ce type, quel est le problème ? Il te doit de l'argent ?

— Non. Je suis fichue, et mon affaire aussi. A la banque, ils ont accepté de me prêter un peu d'argent, mais pas suffisamment. Ce Lars, où qu'il soit, il voudra des garanties ; et des garanties, moi, j'en ai, pas vrai ?

Ce n'était pas la chose à dire. Même si elle avait du mal à se concentrer, Tara voyait bien qu'il n'avait pas l'air content.

— Garanties ou pas, je ne vais pas te laisser traîner ici plus longtemps. Avec ou sans Lars.

— Mais il est encore trop tôt. Il est…

Elle tenta de regarder sa montre. Il lui sembla qu'il était seulement 1 heure du matin, mais les aiguilles ne cessaient de bouger. Bien trop tôt pour rentrer en tout cas. Il y avait encore des gens qui arrivaient.

— Il faut que je reste encore un peu. Ça me fera de la pub, et j'en ai bien besoin.

— Tu n'as pas besoin de ce genre de pub, Tara. Il y a d'autres façons de faire la promotion de ton entreprise.

— Oui, acquiesça-t-elle en lui tapotant le torse de ses ongles fraîchement vernis. Mais celle-là, elle est gratuite. Et elle me convient tout à fait.

Il la fixa d'un air terriblement déçu.

— On va en parler, mais ailleurs qu'ici, dit-il en la prenant fermement par l'épaule.

C'était agréable. Cependant, lorsqu'il voulut l'entraîner, ce fut comme si ses pieds refusaient de suivre.

— Michael, moins vite, mon chou !

Elle faillit se tordre la cheville. Il la plaqua contre lui, et elle n'eut plus besoin du tout de se servir de ses pieds.

— Waouh ! Quelle poigne !

Soudain, elle comprit qu'il l'entraînait non pas vers le bar mais vers la sortie.

— Michael ! Où… ? Qu'est-ce que… ? Je ne peux pas partir, il faut que je trouve Lars !

— On va aussi parler de ça.

— Michael, lâche-moi !

Ce n'était plus drôle du tout. Sur ses bras et ses cuisses, elle sentit un souffle d'air frais, même s'il la tenait toujours plaquée contre lui. Soudain, ils furent environnés de flashes et de sifflets. Seigneurs, des paparazzi ! Elle tenta en vain d'échapper à son ravisseur et un sentiment d'impuissance la saisit.

Une portière s'ouvrit devant elle. Michael la poussa à l'intérieur de la limousine avant de s'installer à côté d'elle. La voiture démarra.

Tara commençait à reprendre ses esprits.

— Qu'est-ce qui t'a pris de me traîner de cette façon, comme si c'était toi le maître ?

Les mâchoires serrées, Michael regardait droit devant lui. Sa bouche n'était plus qu'une ligne dure. Pas question de le laisser triompher en silence après cet accès de pur machisme !

— Tu n'as pas vu les photographes autour de nous ? reprit-elle. Dès demain, je vais passer pour une pauvre idiote.

— Tu te serais ridiculisée davantage encore si tu étais

restée dans ce club. Tu es complètement ivre, à la recherche de types friqués. A quel petit jeu joues-tu, Tara ? Tu cherches les ennuis, et je me demande bien comment tu as réussi à y échapper jusqu'ici. Tu devrais me considérer comme un bienfaiteur. Surtout que je ne demande rien en échange.

— C'est moi seule qui sais ce que j'ai à faire ! Qu'est-ce qui ne va pas, chez toi ? Tu es en manque de sœurs à tyranniser ?

Il leva les yeux au ciel. Bon sang, il la prenait pour une gamine à qui on peut imposer sa volonté ! Il ne lui avait même pas demandé si elle *voulait* de son aide.

Tara prit une longue inspiration. Après tout, peut-être ferait-elle mieux de se détendre et de le laisser faire… En une seconde, il était capable de résoudre tous ses problèmes. Oui, mais elle se dit qu'elle n'avait pas fourni tant d'efforts durant des années pour en arriver là.

— Inutile de me regarder de haut, lança-t-elle. Jusqu'à présent, je me suis arrangée pour survivre en faisant les choses à ma façon. Alors, dis à ton chauffeur de faire demi-tour, parce que j'ai une affaire à traiter.

— Une « affaire à traiter », dans cette tenue et dans cet état ? Tu veux rire !

Elle se pencha en avant, certaine d'avoir recouvré toutes ses facultés.

— S'il vous plaît, dit-elle au conducteur, arrêtez-vous pour que je puisse descendre.

Elle vit l'homme échanger un coup d'œil avec Michael dans le rétroviseur. La voiture ne ralentit pas.

— Tu vas venir chez moi. Si tu veux, tu pourras y traiter ton affaire, une fois que tu auras dessoûlé.

— Tu crois vraiment que je vais monter gentiment à ton appartement parce que tu me l'ordonnes ? Et qu'entends-tu exactement par « dans cette tenue » ?

Il resta impassible, comme s'il ne l'entendait pas.

Comme si elle était aussi insignifiante que ridicule. Mais il l'observait du coin de l'œil.

— Tu es trop ivre pour avoir la moindre pensée raisonnable. Nous remettrons donc cette discussion vestimentaire à demain matin.

— A demain matin ? s'écria-t-elle. Tu t'imagines que je vais passer la nuit avec toi ?

— Pas dans le sens où tu l'entends. Ce n'est pas mon genre de profiter d'une femme qui se trouve dans ton état.

— Même si ma vie en dépendait, je ne te laisserais pas approcher.

— Comme tu voudras. Tu dormiras dans la chambre d'amis et dès demain matin, nous parlerons de ton affaire, déclara-t-il sans tourner la tête, comme si la regarder le dégoûtait.

Quelle arrogance ! Une bonne gifle, voilà ce qu'il lui aurait fallu. Elle examina sa robe. Il n'y avait vraiment rien à redire. Certes, pour être honnête, elle n'était guère de saison… Une vraie horreur, à la réflexion. Et cette ombre à paupières… Qu'est-ce qui avait bien pu lui passer par la tête ?

La voiture freina dans une embardée devant un groupe de filles qui descendaient du trottoir en criant et en riant. Ivres. Comme elle ? Seigneur… Le chauffeur zigzagua pour les éviter, envoyant Tara bouler contre la portière. Michael glissa contre elle et elle poussa un petit cri en sentant son souffle sur sa joue.

— Tu vas bien ? s'inquiéta-t-il.

Tandis que la voiture reprenait sa route, il l'attira à lui pour la réconforter. De nouveau, elle éprouva le désir de se laisser aller contre lui comme dans l'eau tiède d'un lac tropical. Ce serait si facile. Mais il ne fallait pas s'abandonner. Elle devait le tenir à l'écart, ne pas le laisser s'emparer de son cœur ou de son esprit. Son corps, il l'avait déjà possédé — ce corps qui aimait tant celui de cet homme. Mais le reste, jamais il ne le posséderait, jamais !

— Tara.

Il effleurait ses cheveux, sa joue, sur laquelle il posa un baiser. Elle le repoussa.

— Tout va bien.

La voiture s'arrêta. Brusquement, elle se sentit dévastée. Trop de stress, trop d'alcool, trop d'émotions. La fin de la route. Elle aurait voulu dormir à l'abri jusqu'à ce que ce trop-plein affectif s'évacue. Et puis elle était épuisée, tellement épuisée…

Elle demeura immobile, la tête entre les mains, les coudes sur les genoux. La portière s'ouvrit et elle vit des bras, un corps puissant. Michael la souleva. Impression de sécurité. Tara laissa aller la tête contre son torse. Elle se détendit, toute molle entre ses bras, tandis qu'il traversait son appartement. Elle perçut le changement d'atmosphère, les battements du cœur de Michael contre sa joue, la solidité de son corps. Un homme, juste un homme. Pour la première fois de sa vie, elle l'acceptait.

— Comment peux-tu me faire un pareil effet ? chuchota-t-elle sans savoir s'il l'entendait. Comment arrives-tu à me faire fondre alors que je voudrais être inébranlable ? Il ne faut pas que je fonde. Je ne veux pas être molle, ni triste. Je ne veux pas être comme elle, Michael, j'espère que tu peux le comprendre.

Il ouvrit la porte d'une chambre. Un lustre étincelant éclaira un vaste lit blanc. Il l'y déposa et la couvrit doucement.

Le sommeil l'envahit.

La lumière s'éteignit…

9.

Quand Tara se réveilla, il faisait toujours aussi sombre et un bandeau d'acier, mince et douloureux, lui enserrait le crâne. La couverture avait glissé, mais elle avait assez chaud. Elle se remit sur le dos. Que lui était-il arrivé ?

On frappa à la porte, qui s'ouvrit sur Michael. Il posa un verre d'eau sur la table de chevet. Vêtu d'un jean et d'une chemise, il était superbe. Grand, et beau à mourir. Il alla à la fenêtre et remonta le volet roulant. La lumière du jour envahit la pièce.

— Le soleil est déjà levé ? s'enquit-elle d'une voix éraillée.

— Depuis un certain nombre d'heures.

Lentement, elle se redressa sur un coude, mais sa tête lui faisait si mal qu'elle dut immédiatement se rallonger.

— Tu ne te sens pas au mieux de ta forme ?

Elle posa une main sur ses yeux.

— Ça t'ennuierait de refermer le store ? C'est de la cruauté.

Il s'assit sur le lit. Son poids la fit glisser légèrement vers lui.

— Tu as une drôle de conception de la cruauté, Tara. Imagine comment tu te sentirais si tu étais restée à cette fête plus longtemps.

— Peut-être, mais je ne l'ai pas fait.

D'ailleurs, elle n'avait même pas eu envie d'y aller ; si elle l'avait fait, c'était pour… Lars !

— Nom d'un chien ! s'exclama-t-elle en s'asseyant, encore chancelante. Quelle heure est-il ? Et où est mon téléphone ?

Peut-être y avait-il un *after* quelque part ? Mieux vaudrait envoyer un texto. Elle avait encore tellement de choses à régler avant de pouvoir expédier sa collection à Paris. Michael lui tendit son sac, qui était posé au pied du lit. Elle en sortit son téléphone.

— Ah, non ! Plus de batterie ! Tu n'as pas un chargeur ?

— Tara, calme-toi et bois ce verre d'eau.

— Mais je suis peut-être en train de rater quelque chose ! Ce type, Lars, jamais plus je ne pourrai le rencontrer. Tu as un chargeur ? Je croyais que tu avais le même téléphone que moi.

Il fit demi-tour en direction de la porte.

— Où vas-tu ?

— Voir la vie sous un autre angle, lança-t-il sans se retourner.

— Qu'est-ce que ça veut dire ? hurla-t-elle en direction de son dos.

Pas de réponse. Il avait disparu.

Qu'avait-il voulu dire ? Sous quel angle voir la vie quand votre affaire était en train de sombrer ? Bientôt suivie par toute votre vie. A moins de réussir à régler ce problème de trésorerie, elle risquait de perdre tout ce qu'elle avait gagné à la Fashion Week de Londres. Si elle ne réussissait pas à trouver l'argent pour Paris, elle ne pourrait plus continuer. Point final. L'humiliation publique. La faillite. Et quand on n'avait plus d'argent, on allait où ? On rentrait à la maison, la queue entre les jambes, pour entendre la litanie des « Je te l'avais bien dit ».

Jamais, jamais, jamais !

Pour Michael Cruz, tout allait bien. Il avait des montagnes d'argent et une foule de contacts. Mais elle, qu'est-ce qu'il lui restait ? Sa gueule de bois carabinée — et il n'avait pas tout à fait tort, cela aurait pu être bien pire. Elle prit le verre et but une longue gorgée d'eau. Puis elle le finit. En fait, elle était complètement déshydratée.

Il lui restait deux jours pour trouver de l'argent. Si elle s'y prenait dès maintenant, peut-être réussirait-elle à obtenir un rendez-vous. Peut-être… Bon sang, il devait fatalement y avoir quelqu'un susceptible de la financer ! Peut-être avait-elle produit un certain effet, hier soir ? Il fallait qu'elle aille voir sur Internet ce qu'on disait de la fête. Il était encore temps de trouver des fonds.

Elle se sortit du lit douillet, non sans remarquer les traces d'ombre à paupières sur l'oreiller immaculé, et s'examina dans le miroir en pied. Quelle horreur ! On aurait dit un bouquet de fleurs fanées. Sa chevelure était dressée, son visage maculé de maquillage. Quant à sa robe en coton imprimé fluo, elle avait du mal à contenir ses formes, qu'elle dévoilait malencontreusement en divers endroits.

Et puis elle avait besoin d'une douche. Peut-être pourrait-elle emprunter à Michael une tenue appartenant à une de ses sœurs pour rentrer chez elle ? Mais il fallait être réaliste, elle aurait même eu du mal à entrer dans la housse de couette de Fernanda…

Tara se traîna jusqu'à la cuisine, qui avait tout d'une illustration pour magazine : grandes baies vitrées, lumière douce et vision de rêve — assis devant le comptoir sur un tabouret haut, un type superbe lisait un journal déplié devant lui, une tasse d'espresso à la main, une pâtisserie entamée posée à sa droite et son ordinateur ouvert à gauche.

Michael leva les yeux vers elle avant de revenir à son

journal. Ces deux secondes lui avaient suffi pour la scanner entièrement d'un regard inquisiteur. Il était clair qu'elle détonnait dans le paysage.

— Je peux prendre une douche ?

— Bien sûr. Mais auparavant, jette donc un coup d'œil là-dessus.

Il poussa le portable vers elle, avant d'avaler une gorgée de café et de se replonger dans son journal.

— De quoi s'agit-il ? demanda-t-elle en fixant l'écran.

Tout d'abord, elle ne comprit pas ; puis elle se découvrit en compagnie de diverses personnes dans un photomontage accompagné de commentaires. On la voyait arriver à Shoreditch, resplendissante. Au fond, avant qu'elle dorme dedans, cette robe n'était pas si mal. Bien coiffée. Maquillage plus discutable. Puis un cliché pris de dos au moment où elle entrait dans le club. Après avoir vu ça, plus besoin de demander si elle avait vraiment de grosses fesses… Jolies chaussures toutefois, mais talons trop hauts pour une telle soirée. Puis des photos et des vidéos d'autres gens en train de bavarder, de s'amuser. Tout à coup, Michael. Il entrait en regardant à droite et à gauche. Superbe. Costume sombre, chemise blanche, pas de cravate. Visage détendu, mais regard inquisiteur. Si comestible qu'elle en avait l'eau à la bouche. Exactement comme en ce moment. La grande classe. Et le meilleur amant qu'elle ait jamais eu…

Il lui tendit un verre de jus de fruits avant de lui avancer un tabouret, sur lequel elle se hissa. Il revint à sa lecture. Autres vidéos, autres gens, dont son ami publicitaire ou Dutch Ronnie. Celui-ci était loin d'avoir l'air fauché. Enfin, l'arrivée des vraies célébrités, mais elle n'en avait vu aucune. Ça devenait trop difficile d'obtenir un autographe, songea-t-elle, ironique.

— Belle soirée, déclara-t-elle. Tu es content d'y avoir assisté ?

Elle fit malencontreusement cogner son verre contre ses dents et s'essuya les lèvres d'un revers de main.

— Continue, répondit-il en désignant l'écran d'un geste de la tête.

Tara découvrit un gros plan de la porte d'entrée du club, pris depuis la rue. L'image vacillait un peu mais elle distingua un videur qui expulsait quelqu'un. Seigneur, non… Elle venait de réaliser que c'était Michael qui la traînait dehors, coincée sous son bras, jambes pendantes, pieds traînant par terre. Totalement ridicule ! Et elle faisait une tête : on aurait dit une enragée. Michael, lui, restait imperturbable, même quand il la poussait dans la limousine comme s'il chargeait un sac-poubelle.

— Eh bien, tu as eu ce que tu voulais, non ? lança-t-il.

Stupéfaite, Tara vit les paparazzi courir derrière la voiture en brandissant leurs appareils et en riant aux éclats.

— Pardon ? Tu crois vraiment que je rêve de ce genre de publicité ?

— Pour toi, toute publicité est bonne à prendre, tu l'as déjà prouvé en mille occasions.

— Tu t'imagines vraiment que j'avais envie que le monde entier te voie m'éjecter de la soirée comme un videur qui se débarrasse d'un ivrogne ?

— Hier soir, tu n'avais pas l'air de trop t'inquiéter de qui te regardait ni du spectacle que tu offrais. Du moment que quelqu'un, de riche si possible, avait les yeux fixés sur toi, tout te convenait. Heureusement que je me trouvais là. Alors, une fois que tu auras pris ta douche et que tu auras mangé quelque chose, si ton estomac te le permet, tu vas t'asseoir et je te montrerai comment tu peux récolter des fonds. Sans te déguiser ni te soûler. D'accord ?

— Absolument pas ! s'emporta-t-elle. Je n'ai aucune envie d'écouter ce que tu as à me dire !

D'un regard glacial, Michael la cloua sur place. Aussitôt, Tara comprit qu'elle avait eu tort. Ce type essayait de l'aider, c'était clair, mais pourquoi fallait-il qu'il se montre toujours aussi arrogant et dominateur ? Aussi… viril ?

— Tu sais, Tara, pour une femme d'affaires astucieuse, tu te comportes parfois de façon vraiment stupide. Tant pis pour toi. Fais comme tu voudras, peu m'importe. Si tu tiens à faire ton indépendante, à toi de voir.

De nouveau il se pencha sur son journal.

— Tu sais où sont les salles de bains, ajouta-t-il. Fais comme chez toi.

Il prit son téléphone, qui venait de vibrer, et lut un message tout en mordant dans sa pâtisserie comme si Tara n'existait plus.

Elle avait deux mots coincés au fond de la gorge, impossible de les prononcer. Elle fixa l'écran qui s'était mis en veille. L'image où Michael la fourrait dans la limousine restait gravée dans sa tête.

— Tu te rends compte de la réputation que je vais avoir à cause de la façon dont tu m'as enfournée dans cette voiture ? Tu t'es pris pour mon père en train de me récupérer à la boum de la voisine ou quoi ?

— Je n'en sais rien. Tu ne m'as jamais rien dit de ton père, je ne sais même pas si tu en as eu un. Ni où tu es née. Ce que je sais de toi, c'est ce que tu veux bien laisser voir : que tu aimes boire, danser et flirter. Une enquiquineuse qui aime prendre des risques.

— Moi non plus, je ne sais rien de toi. Evidemment, je sais où tu es né et que tu es sorti des clous pour y revenir ensuite quand… quand tu es devenu tuteur de tes demi-sœurs. Mais au fond, as-tu jamais vraiment parlé de toi à quiconque ? Tout ce que j'ai appris sur toi, j'aurais pu le lire sur Internet.

Il s'immobilisa, la tasse à mi-chemin des lèvres.

— Bien joué, Tara.

— Comment ça, « bien joué » ? C'est la pure vérité. Tu es fermé comme une huître, pire que moi.

Il finit son café avant d'aller s'en verser un autre à la machine. Adossé au comptoir, il se mit à l'observer comme si elle était quelque curiosité exotique.

— J'ai dit « bien joué » parce que tu es d'une duplicité redoutable, mais je vois clair dans ton jeu : distraire l'adversaire, faire diversion. Pour le leurrer, tout est bon.

Elle fronça les sourcils. Que pouvait-il bien avoir en tête ?

— J'essaie simplement d'être honnête, protesta-t-elle.

— L'honnêteté ne me semble pas ta qualité dominante, même en cherchant bien. Tu ne te livres jamais, et quand la conversation prend un tour trop personnel, tu attaques ou tu changes de sujet.

— Pas du tout ! Absolument pas…

Sa voix se brisa. Brusquement, Tara était consciente de son ridicule. Le sourire de Michael s'élargit. Sans la quitter du regard, il posa sa tasse et se dirigea vers elle.

— Regarde-toi : immédiatement, tu es sur la défensive, pire qu'un garde du corps en mission.

Il posa les mains sur le comptoir de part et d'autre du corps de Tara. Elle lui adressa un demi-sourire contrit.

— Je ne peux pas m'en empêcher.

— Fais un effort.

Michael la prit dans ses bras et l'attira contre lui. Elle se raidit, mais il ne la lâcha pas. Il lui caressa le dos tout doucement, jusqu'à ce qu'elle se détende enfin. Divin… Son corps s'abandonnait déjà.

Il la força à se lever et lui prit le visage entre les mains en souriant.

— Tu me fais confiance ? demanda-t-il.

Elle acquiesça d'un signe.

— Suffisamment pour m'ouvrir ton cœur ?

Il la fixait droit dans les yeux. Le cœur de Tara se mit à battre la chamade et elle sut qu'elle ne pourrait rien lui refuser.

— Je vais essayer.

— Très bien. Je ne sais pas ce qui te bloque, ni comment tu as pu en arriver là, mais je crois que ça t'aidera de te confier.

Il lui caressa les cheveux. A ce moment, les mots se pressèrent au fond de sa gorge.

— Que veux-tu savoir ? A seize ans, je suis partie de chez moi. J'ai quitté ma petite ville pour aller à la fac à Londres, et jamais plus je n'ai regardé en arrière. Il fallait que je parte car ma vie était un enfer.

Elle laissa aller sa tête contre le torse de Michael, consciente de la force et de la patience de cet homme si généreux. Pour elle, mettre au jour ces souvenirs enfouis depuis si longtemps était un véritable supplice.

— Je n'ai pas eu de père ; ou du moins, jamais je ne l'ai connu. Mais j'avais un grand-père et une mère « qui avait fauté » et à laquelle on n'a jamais permis de l'oublier. A moi non plus, d'ailleurs.

Elle ne put continuer. Comme si on avait déplacé un peu le rocher qui obstruait le passage et qu'elle apercevait un rai de lumière, mais le rocher était énorme, très lourd, et elle n'avait pas suffisamment d'énergie pour le déplacer. Elle sentit le souffle chaud de l'haleine de Michael sur sa joue. Ses mains continuaient à la caresser.

— « Je ne veux pas être molle, ni triste. Je ne veux pas être comme elle », m'as-tu dit la nuit dernière. Tu parlais de ta mère ?

Elle opina du chef. Elle aurait voulu que Michael arrête

là ses questions, mais sa tendresse était un baume apaisant qu'elle recevait avec reconnaissance. Après un long moment, il s'écarta pour lui prendre le visage entre les mains. Son regard était sombre et plein de chaleur à la fois.

— On dirait la palette d'un peintre.

Elle lui sourit, comprenant qu'il parlait de son maquillage.

— Je te crois sur parole.

— Tu veux prendre une douche ? Avec moi ?

Ces simples mots suffirent à susciter en elle une onde de désir. Elle leva la tête vers lui.

— En ce moment, qui est-ce qui cherche à faire diversion ? le taquina-t-elle.

— Pourquoi ne pas nous distraire mutuellement de nos soucis quelques heures ? proposa-t-il en déposant un baiser sur sa joue.

Il la prit par la taille, puis ses mains remontèrent jusqu'à ses seins, dont il agaça les pointes. Le désir embrasa le bas-ventre de Tara. Un assaut bien mené. Toute défense aurait été futile.

Michael la prit par la main et l'entraîna hors de la pièce, longeant un couloir jusqu'à sa salle de bains où Tara revit son visage dans la glace au-dessus du lavabo.

— Quelle horreur !

— Eh bien, je dois dire…, la provoqua-t-il gentiment.

Elle fit mine de lui boxer le bras, puis tenta de passer la main dans ses cheveux pour y mettre un peu d'ordre. En vain.

— Et toi, tu as l'air de sortir d'une pub de parfum, comme toujours, lança-t-elle. Pas question de rivaliser.

— Tara Devine, c'est bien toi qui viens de dire « Pas question de rivaliser » ? Ta gueule de bois est encore plus vivace que ce que je croyais !

Elle éclata de rire. Décidément, Michael savait s'y prendre pour la ramener sur terre.

— Si je ne trouve pas un nouveau partenaire financier, je suis ruinée. C'est la fin.

Michael la fit se tourner vers lui.

— Mon offre tient toujours. Je ne l'ai pas formulée à la légère.

Il l'embrassa longuement, profondément. Tout se brouilla dans sa tête. Plus rien ne comptait que les lèvres de Michael sur sa bouche, sa langue jouant avec la sienne. En toute hâte, elle déboutonna sa chemise, puis il lui fit passer sa robe par-dessus la tête.

— Il faut que nous le fassions, dit-il d'une voix rauque. Tant que je n'aurai pas été en toi, je serai incapable de prononcer une parole sensée.

Jamais Tara n'avait vu un torse aussi superbe : une peau dorée ombrée d'un léger duvet, des pectoraux trop parfaits pour être vrais, des muscles longs, sans la moindre lourdeur, qui irradiaient la force. Elle les caressa du bout des doigts, concentrée sur ses sensations. Il lui prit les poignets et lui maintint les bras ouverts. Il la contemplait avec adoration. Puis il baissa la tête pour lui mordiller le bout d'un sein à travers la soie de son soutien-gorge.

Même si elle avait l'impression d'être un vieux débris, Tara n'aurait pas plus pu s'arrêter que cesser de respirer. Ses jambes chancelèrent et tout son sang reflua vers le bas. Michael s'arrêta pour la serrer contre lui.

— Viens, on va faire de très vilaines choses, susurra-t-il d'un air espiègle.

Michael regardait Tara se sécher les cheveux, jambes croisées, enveloppée dans un peignoir trop grand pour elle. Etrangement, elle avait l'air tout à fait chez elle. Et il la désirait, encore et encore.

Pourtant, il fallait qu'il bouge, qu'il aille prendre l'air.

Il avait perdu le compte des différentes positions qu'ils avaient expérimentées. Sa belle Anglaise réveillait des aspects de sa personnalité qu'il ignorait encore. A peine posait-il les mains sur elle qu'il avait envie de la posséder ; et ce, depuis le début.

Il alla jusqu'à la cuisine. Au moins, Tara ne s'était pas enfuie dès qu'ils avaient terminé. Cette fois-ci, il l'avait retenue prisonnière de ses bras et de ses jambes. Mais même ainsi, il l'avait sentie se rebeller : son corps était resté contre le sien mais son esprit était déjà ailleurs.

Il se demanda jusqu'à quel point elle se concentrait sur lui quand ils faisaient l'amour. Entre eux, il percevait toujours une distance…

Commençait-il à ressembler à Angelica, considérant Tara comme une sorte de projet ? Il justifiait ainsi l'offre qu'il comptait lui faire de l'aider dans son affaire — tout le monde en aurait fait autant, non ? Dès qu'elle aurait fini de se coiffer, il allait lui en exposer les grandes lignes. Pourquoi diantre était-il si préoccupé de ce qui tournait dans sa jolie tête ? Il pourrait se contenter de passer avec elle les moments les plus délicieux qu'il ait vécus depuis des années — ou plutôt : qu'il ait jamais vécus… Si elle tenait à rentrer ensuite dans sa coquille, au fond, n'était-ce pas le rêve de tout célibataire endurci ?

Michael finit par trouver la page qu'il cherchait sur son ordinateur et fit défiler les images. Sur celles-ci, Tara paraissait si vulnérable… Même en entrant dans le club, elle avait l'air seule. Non, se corrigea-t-il : elle avait l'air *solitaire*. Maintenant qu'il la connaissait mieux, il savait que son merveilleux sourire un peu de travers trahissait la vigilance, la méfiance d'un être toujours sur la défensive. Pour défendre sa forteresse, elle n'avait pas besoin d'un garde du corps, elle avait besoin de la foule — de s'y perdre et d'y rayonner.

Et pourtant, de plus en plus, il sentait la jeune femme prête à le laisser entrer derrière ses murailles, malgré les blessures que lui avait infligées une famille où elle était un objet de honte ; ce qui lui avait laissé de profondes et douloureuses cicatrices.

Difficile à gérer, et le fait qu'elle l'ait choisi *lui* pour en parler le déstabilisait. Il n'était pas très sûr d'être capable d'assumer pareille responsabilité. Il fallait à Tara quelqu'un qui l'aide à faire face, peut-être même un professionnel. Elle le méritait. Au départ, Michael avait voulu s'assurer qu'elle n'allait pas bouleverser sa famille et faire perdre tout bon sens à Fern, comme lui-même avait perdu la raison au même âge. Il n'en était pas encore certain.

Il l'entendit se mouvoir dans sa maison. Cela ne lui déplaisait pas. Fraîche comme une fleur printanière malgré les cernes légers qui ombraient encore ses yeux brillants, elle pénétra dans la cuisine.

— Rebonjour, beauté ! lui lança-t-il.

Sa chevelure d'un blond doré était soigneusement coiffée, et sur ses lèvres jouait le sourire le plus naturel qu'il y ait jamais vu.

— Rebonjour, beau gosse.

Il ne put s'empêcher de lui effleurer la joue, avant de lui prendre le visage entre les mains et de l'embrasser à pleine bouche. Un drogué, complètement obsédé, voilà ce qu'il devenait.

Mais un drogué conscient du danger. Il fallait absolument qu'il fasse marche arrière et arrête de penser à cette femme et à ses problèmes. Elle lui convenait sexuellement, certes ; cela, il savait le gérer. Pourtant, il était perturbé par les interrogations et l'inquiétude qu'elle générait en lui. Ainsi, lui parler de sa propre mère aidait sans doute Tara à avancer ; toutefois, avant d'aider quelqu'un d'autre à régler des relations familiales conflictuelles, peut-être ferait-il bien de repenser aux siennes…

Ainsi, il avait déjà fort à faire avec Fernanda, qui commençait à avoir la langue bien pendue. Quel temps pourrait-il consacrer à Tara Devine ? Il allait l'aider, mais sans lui laisser se monter la tête, décida-t-il.

— Tu as enfilé ta tenue de femme d'affaires sous ce peignoir ? dit-il en souriant.

— Evidemment. Tu veux vérifier ?

— Euh… Peut-être vaudrait-il mieux que nous gardions nos vêtements durant cette réunion.

Il fit pivoter vers elle son ordinateur, ouvert à la page d'un site Internet.

— Regarde.

Elle contempla longuement l'écran avant de se retourner vers lui.

— Et alors ?

— Alors voilà comment tu pourrais te faire connaître et gagner des masses d'argent sans avoir besoin de tant payer de ta personne. C'est un nouveau style de film publicitaire qu'a mis au point une de mes agences de communication. Ils utilisent des éléments pris dans les coulisses pour donner un plus fort effet de réel, style documentaire assez pointu. Une forme élaborée du placement de produit, en quelque sorte. Si tu réussissais à collaborer avec des entreprises appartenant à d'autres secteurs proches du tien — maquillage, coiffure, événementiel —, cela pourrait se révéler extrêmement positif.

Elle s'assit et resta immobile. Complètement.

— Qu'en penses-tu ? demanda-t-il.

Il attendit. En affaires, il connaissait le prix du silence. Il se leva pour aller se verser du café. On aurait entendu une mouche voler. Au bout d'un long moment, Tara prit enfin la parole :

— Je crois… mais sans en être certaine… je crois que ça me plaît.

Michael masqua son sourire de triomphe en avalant une gorgée de café.

— Combien de temps durerait le tournage ? fit Tara d'une petite voix.

— Il faut en discuter. Ce n'est pas avec moi que tu feras affaire.

— Avec qui, alors ?

— Il s'agit d'un procédé totalement nouveau. A vrai dire, quand je l'ai découvert, cela ne m'a plu qu'à moitié. Mais je crois que dans ton cas ça pourrait fonctionner. C'est une idée qui nous a été apportée par une agence que nous venons de racheter. Le producteur a l'air sympa.

— Effectivement, ce vecteur publicitaire peut se révéler intéressant. Il faut que je comprenne exactement comment ça fonctionne. Je veux dire…

Elle s'interrompit et leva vers lui des yeux brillants d'enthousiasme.

— C'est une offre magnifique, Michael ! s'exclama-t-elle, d'une voix exaltée cette fois. Ma seule inquiétude, c'est de savoir jusqu'à quel point je pourrai contrôler l'opération. Tu sais comment ça se passe : souvent les gens sont comme hypnotisés, ils se livrent sans retenue et à la fin, ils perdent complètement le contrôle de leur image.

— Comme si le personnage que tu t'es forgé te correspondait vraiment ! Tu as peur que les gens découvrent que tu es une vraie femme, un être humain bourré de volonté et de talent ? Qu'ils te voient enfin telle que tu es, Tara ?

— Toi-même, tu te caches tout autant que moi.

Michael ne sut que répondre. Elle venait de marquer un point. Même si la plus grande part de sa vie était un livre ouvert, lisible et vérifiable sur Internet, nul ne savait ce qui s'était réellement passé dans sa tête. Nul ne connaissait l'étendue du désastre, ni Angelica, ni a fortiori Fernanda.

— Tu m'as déjà fait ce coup-là, Tara. Ce n'est pas de moi qu'il est question. D'ailleurs, je n'ai rien à cacher. Pose-moi toutes les questions que tu voudras, j'y répondrai.

Un instant, il crut qu'elle allait le faire. Elle leva les yeux de l'ordinateur, sa bouche s'ouvrit, mais aucun mot n'en sortit. Il voulut l'encourager, mais son regard s'était déjà reposé sur l'écran.

— A mon avis, tu ferais mieux pour le moment de renoncer à ton personnage d'hédoniste. Tu voudrais tout contrôler ? Je doute que ce soit possible, mais je peux au moins te promettre qu'on verra à l'image la vraie Tara Devine.

Il eut l'impression que ce qu'il venait de lui dire lui apportait un certain soulagement. Si seulement ce pouvait être le cas…

— Je reconnais que je me sers des médias, cela n'a rien d'un secret, concéda-t-elle. Mais je n'ai pas encore suffisamment d'importance à leurs yeux pour qu'ils me suivent partout, si bien que quand je me mets en scène c'est pour qu'on me voie comme j'ai envie d'être vue.

— Moi, ce que je te propose, c'est plus une mise en scène artistique que de la simple publicité gratuite. Alors demande-toi seulement si tu supporteras qu'on te voie non pas en train de minauder et de sourire en public, mais telle que tu es dans la vraie vie. Pas question pour autant de te montrer au saut du lit, bien sûr ! Ce que je te suggère, c'est d'ajouter à ton personnage une autre dimension. Si tu révèles aux gens d'où te vient ton inspiration et comment tu t'organises dans ton travail, ils t'apprécieront davantage et ton image en sera renforcée.

Elle acquiesça. Son visage reflétait les pensées contradictoires qui l'agitaient.

— Ce n'est pas ce qui va résoudre mon problème urgent de trésorerie, dit-elle.

— Sans doute, mais si tu signes un contrat avec nous, tu devrais trouver plus facilement des bailleurs de fonds. Et si tu acceptes de me montrer ton plan de financement, je pourrai peut-être le rendre un peu plus attrayant.

Tara avait envie d'y croire ; elle pressentait que Michael était fiable. Cependant, elle n'était pas une simple amie de ses sœurs : elle avait couché avec lui, et cette relation serait forcément éphémère. D'un autre côté, même si elle se reconnaissait un certain talent, elle était toute seule pour affronter le monde. Elle avait besoin d'un coup de pouce et Michael Cruz était susceptible de le lui donner.

— Je ne sais vraiment pas… Cela pourrait marcher, et ce serait super. Ce qui me chiffonne, c'est ce problème de contrôle. Que se passera-t-il si je me révèle un monstre de névrose ? Ou une folle prête à tout pour se donner en spectacle. Jusque-là, ce n'est pas dans cette direction que j'ai conçu ma communication. Ça ne me correspond pas.

— Mais sais-tu seulement qui tu es ? Qui le sait, d'ailleurs ?

Un instant, Tara resta coite, désarçonnée, avant de se reprendre.

— Excellente question, Michael. Et toi, tu sais qui tu es ?

— Je vais te le dire. Je suis un survivant qui a eu beaucoup de chance. Je suis né de deux parents qui s'aimaient et ils seraient encore ensemble si mon père avait su s'adapter. Mais ça n'a pas été le cas.

Il s'arrêta, choqué de s'entendre évoquer à haute voix cette réalité. Jamais jusque-là il n'avait parlé de ses parents à une femme. Sans savoir pourquoi, il faisait suffisamment confiance à celle-ci pour prendre cette initiative.

— Je vais tout te raconter, Tara. Si ça peut t'aider. C'est bien ce que tu as envie d'entendre ?

Elle ouvrit plus grand les yeux, sans répondre néanmoins. Alors, Michael se lança.

— Pendant des années, ma mère et moi, on a fait équipe. Quand elle a rencontré Carlos, je me suis senti abandonné. De nouveau. Comme jadis par mon père.

Elle tendit le bras vers lui.

— Ça va, dit-il en l'écartant doucement. J'ai passé des heures en thérapie pour le découvrir. Afin que tu comprennes quel genre de mère elle était, sache que c'est elle qui m'a envoyé en thérapie. Puis j'ai connu le succès dans le petit monde du mannequinat. Un monde où ce qui compte, c'est l'apparence, et où tout le reste sonne faux.

— C'est pour cette raison que tu refuses que Fernanda le côtoie ?

Il savait qu'il approchait une zone dangereuse, mais Tara avait le droit de savoir. Oui, il avait peur pour sa petite sœur, car il savait à quel point ce monde-là pouvait corrompre. Il en avait fait l'expérience.

— Au-delà de la vacuité de cet univers, je redoute pour elle les dommages collatéraux : la drogue, l'alcool, les fêtes.

— Et moi, c'est ce que je représente à tes yeux ? Tu crois que je vais corrompre Fern et la pousser à la débauche ?

— Je l'ai cru. Car ce que je voyais, c'était ce que tu cherchais à faire voir ; à moi et au monde entier.

Il s'approcha d'elle pour contempler son visage sans maquillage, tel que nul ne le voyait jamais.

— Tu n'es pas comme ça, Tara, mais tu vis dans ce monde-là. Toi, tu es capable de garder le contrôle et de manipuler les gens en toute impunité, mais d'autres s'y sont cassé les dents. Moi, par exemple.

— Tu avais quel âge ? Seize ans ?

— Exactement.

— Toi, tu as pu choisir. Moi aussi. Mais Fernanda, tu ne lui laisses pas le choix.

— Je la fais profiter de mon expérience. Ce n'est pas une question de choix, mais de personnalité. Or elle me ressemble. Tant qu'on ne domine pas la situation, on reste englués dans une réalité qui nous obsède. Quand tout est positif, c'est parfait, mais il se trouve que je me suis retrouvé happé par une réalité dont je ne veux pas qu'elle approche.

Tara hocha la tête. Elle comprenait bien à quoi Michael faisait allusion, mais ne savait pas jusqu'où il était allé.

— Ça m'a complètement détruit, Tara. J'ai tout essayé. Tout : le sexe, la drogue…

— Tout le monde est soumis à ce genre de tentations, ça fait partie de la vie. Il suffit qu'un gosse aille en boîte de nuit. Il n'a pas besoin d'être dans le milieu de la mode, tu sais.

— Certes. Mais la tentation est plus forte quand elle est orchestrée par des gens qui te contrôlent et sont censés défendre tes intérêts.

— Je vois, acquiesça-t-elle.

— J'ai perdu six mois de ma vie, mais je ne me suis pas perdu moi-même. J'ai eu de la chance, en un sens. Personne n'est au courant. Au moment où j'ai appris la mort de Carlos et de ma mère, j'avais complètement disparu de la circulation. Je n'ai lu la nouvelle que deux semaines après l'accident, dans un vieux journal qui traînait. Jamais je n'oublierai ce que j'ai ressenti. Je ne pouvais pas comprendre. J'avais raté l'enterrement de ma mère, et j'ai soudain réalisé que mes deux petites sœurs étaient absolument seules. J'ai réussi à m'en sortir, à me reprendre en main. Il le fallait, elles avaient besoin de protection et moi, je voulais les protéger. Comme je le veux pour toi.

— Moi ? Mais je n'ai pas besoin qu'on me protège contre ce monde de paillettes ! J'y prends ce dont j'ai besoin, et je connais mes limites. Je sais qui et quoi éviter. Je trace ma voie, je prends soin de moi. Et jamais je n'entraînerais Fernanda dans des situations glauques. Jamais !

— Je sais. Et je sais que tu n'as pas besoin qu'on te protège des prédateurs de ce milieu. Mais tu as besoin qu'on te soutienne, Tara. C'est ce désir que tu réveilles en moi, pas la volonté de me comporter en « Grand Manitou », comme tu me surnommes.

Tara écarquilla les yeux.

— Oui, *querida*, poursuivit-il, que ça te plaise ou non, je suis ce genre de type. Peut-être parce que mon père a tant sacrifié à l'amour, ou peut-être à cause de ces années que j'ai passées seul avec ma mère. Je te fais suffisamment confiance pour être certain que mes confidences resteront entre nous.

Michael s'approcha d'elle et lui prit le visage entre les mains, comme il aimait tant le faire. Du pouce, il lui effleura les lèvres.

— J'ai de la chance, reprit-il.

— Pourquoi ? demanda-t-elle en le fixant de son regard bleu si honnête.

— Parce que tu es très belle. Ton visage. Ton corps.

Il ne pouvait plus s'arrêter de l'embrasser, de laisser courir les mains sur sa peau, sous le peignoir. Mais il fallait qu'elle comprenne enfin ce qui lui paraissait si évident : qu'elle valait bien plus que son image, qu'elle était bourrée de talent, merveilleuse et tellement plus tendre qu'elle ne le laissait paraître.

— Toi aussi, Tara, tu es une survivante. Ces moments délicats te donneront peut-être l'occasion de trouver d'autres façons d'être Tara Devine.

Elle baissa les yeux en fourrageant dans ses cheveux, enroulant des mèches autour de ses doigts.

— C'est dur, Michael. Et cela m'entraîne trop loin de ma zone de confort.

— Pour l'instant, nous n'avons fait que des hypothèses.

— Il faut que j'y réfléchisse… Mais je n'ai pas le temps. Je veux bien prendre des risques, mais des risques mesurés. Je ne sais pas…

— Ne fais rien qui te pose problème. Il faut savoir quelles sont tes priorités. Après ce que tu m'as laissé entendre de ta famille et de ta mère, je comprends que tu veuilles te préserver. Il faut que tu apprennes à composer avec ton passé.

— Jamais je ne l'ai laissé faire entrave à ma volonté.

— Très bien. Le seul conseil que je puisse te donner, c'est de prendre en effet le temps de réfléchir, et éventuellement de parler de tout ça à quelqu'un.

— C'est moi qui dois décider de ce qui est important, pas ce vieux bonhomme sinistre !

— Ton grand-père ?

Elle rougit violemment et son visage se crispa.

— Il n'a plus rien à faire dans ma vie.

— C'est clair. Tu cours vite, mais tu ne vois pas tout ce qui te freine encore. Réfléchis-y au lieu de tout détruire pour avancer dans la vie. Tu atteindras ton but plus vite.

De nouveau, Michael la sentait sur la défensive, reconstruisant à toute vitesse les murs qui la protégeaient. Et pourtant, tout à l'heure, elle avait été si près de se livrer…

— Pour le moment, je ne peux pas m'offrir ce luxe, affirma-t-elle. Il me faut aller de l'avant et assurer mon défilé parisien.

Il acquiesça. Peut-être cela valait-il mieux.

— Mon offre tient toujours. Nous allons établir un planning. Mais surtout, pas de pression.

Elle lui parut de nouveau vulnérable, si anxieuse de s'enfuir qu'il en eut mal pour elle.

— Tara…

— Tout va bien, Michael. Merci beaucoup pour ton offre si généreuse. Je vais y réfléchir. Tu peux m'appeler un taxi ?

— La voiture est en bas. J'appelle le chauffeur.

Il vit qu'elle essayait de lui sourire. Il voulut la réconforter, mais elle s'enfuyait déjà, minuscule et fragile dans cette immense robe de chambre, tentant en vain de se donner une allure pleine d'assurance.

Même sans le voir, Michael savait que son visage était dévasté par l'émotion, son regard bleu plein de larmes et son cœur lourd.

10.

A peine son téléphone rechargé, Tara vit apparaître un flot de messages — textos, tweets et e-mails. Et un appel en provenance de sa famille accompagné d'un message vocal, qu'elle ignora. Pas question d'envisager quoi que ce soit de ce côté-là en ce moment !

Elle n'avait pas vu Lars, le riche héritier danois, à la fête de la veille, mais il était toujours en ville et en quête de placements à effectuer. Un type qui brûlait de dépenser à cette échelle était forcément aimable. Heureusement que les milliardaires avaient besoin de se remonter le moral ou de se donner bonne conscience en investissant leur argent !

Les yeux rivés à l'écran de son téléphone, elle prenait la mesure de l'ampleur du désastre. Elle avait bien pensé que les médias allaient la ridiculiser à cause de sa sortie du club, traînée par Michael, mais jamais elle n'aurait imaginé que cela prendrait de pareilles proportions.

Elle avait eu du mal à sortir du parking, au sous-sol de l'immeuble de Michael. Le chauffeur l'avait avertie qu'il risquait d'y avoir du monde, et il avait raison : une demi-douzaine d'appareils photo s'étaient collés aux vitres de la voiture tandis que celle-ci montait la rampe. Ces photos — cheveux plats, visage sans maquillage et reste de gueule de bois — n'étaient pas encore sorties, mais ce n'était qu'une question d'heures.

Et même sans ça, elle était déjà au centre de tous les ragots.

Tara Devine, nouvelle it-girl londonienne ?

Elle ouvrit prudemment le lien attaché à un tweet de la blogueuse de mode la plus crainte de la ville.

Qu'est-ce qui t'arrive, Tara la fêtarde ? Une semaine au Cirque Cruz et tu pourrais faire de la figuration dans Silex in the City ! Désolée, ma petite, mais faut revoir ton attitude. Le sexe a pourtant l'air de te réussir et la semaine dernière, tu nous as sorti une collection somptueuse. Mais hier ? Mauvaise robe, cheveux en pétard, et en plus, charriée par ton homme des cavernes. Evidemment, aucune d'entre nous n'aurait le cœur de virer Michael Cruz de son lit, mais qu'est-ce qui t'a pris, ma pauvre chatte, de le laisser te traîner chez lui comme un vieux sac de patates ?

Evidemment. Elle aurait pu le prédire, mais ça faisait mal quand même. Tout comme la douzaine d'autres qui suivaient. Rien de pire qu'une mauvaise pub. Et dans sa position, avec un défilé parisien à l'horizon, c'était une catastrophe. Seigneur, sa photo devait même figurer sur une quelconque liste des dix plus mal nippées de la semaine… Où avait-elle la tête pour écorner une image qu'elle avait mis tant de soin à élaborer ? Une styliste ne pouvait pas se permettre de mauvais choix de vêtements. Il fallait régler ça, et vite.

Et d'abord, Michael Cruz n'était pas « son homme », des cavernes ou pas. Dans sa vie, il n'y avait pas de place pour un homme, il le savait aussi bien qu'elle.

Elle se revit en train de trinquer avec lui la première fois, puis le regardant s'éloigner après qu'il l'avait embrassée ; elle le revit lui tendre un verre et se mettre à rire en la voyant le descendre d'un trait, parce qu'elle était trop nerveuse. Elle revit leurs reflets enlacés dans le miroir de la salle de bains. Il était…

Il s'était montré à la fois ignoble et étonnant, agressif mais tendre, affectueux, adorable. Ses yeux noirs perçants tandis qu'il lui tendait une tasse de café, ou qu'il lui prenait le visage entre les mains pour l'embrasser… Et ce matin, quand il s'était assis sur le lit, un verre d'eau à la main. Ou quand il lui avait proposé de tourner ce documentaire. Quand il lui avait posé des questions sur sa mère, et avait écouté ses réponses.

Elle inspira et ferma les yeux, submergée par ces souvenirs.

Lui appuyé sur les coudes, la fixant droit dans les yeux. L'impression d'assouvissement qu'elle avait éprouvée. Mais c'était trop. Trop d'intensité. Trop d'intimité. C'était la dernière chose dont elle avait besoin.

Elle fit défiler d'autres messages. Il lui fallait faire le point sur les conséquences de la nuit précédente. Avait-elle le droit de le blâmer ? Peut-être pas, même s'il ne l'avait guère aidée.

Donc, oublier sa proposition de documentaire et se concentrer sur Lars. Définitivement.

Elle se releva, décidée à appliquer une stratégie de contre-attaque. D'abord, elle allait reconnaître la vérité dans un petit tweet en confessant une erreur de garde-robe. Se moquer d'elle-même, mais aussi du microcosme de la mode. Puis se glisser dans une pièce de sa nouvelle collection et partir à la recherche de Lars.

Impossible de laisser une robe mal choisie et un moment de faiblesse ruiner dix années de travail. Même si Michael était sans doute plus qu'un moment de faiblesse — c'était un tsunami qui l'avait emportée. Il avait tout pour lui : beauté, élégance, et il faisait l'amour à la perfection. Il était tendre et il lui faisait confiance. Pourtant, à son contact, elle avait l'impression de ne plus être elle-même, ce qu'elle ne pouvait pas supporter. Pas plus que de s'écarter de la ligne qu'elle s'était tracée, d'être obsédée par cet homme ou de revenir sur son propre passé, comme il le lui avait suggéré. Avec Tarala fêtarde, chacun savait où il en était, elle en particulier.

Elle reprit son téléphone pour envoyer des messages tous azimuts. Quelqu'un devait bien savoir où se terrait ce Lars.

Tara sortit de l'ascenseur de l'hôtel où se cachaient Lars et son équipe, en possession d'un contrat de sponsoring, d'une solution pour sa trésorerie et d'une invitation à dîner. Pas mal pour une fille qui venait de perdre son statut de *it-girl*, non ?

Elle fendit la foule de nantis rassemblés dans le hall : émirs, femmes filiformes vêtues haute couture, couples en vêtements de croisière identiques. Tous les modèles de sac imaginables étaient rassemblés là.

Il lui restait deux heures de liberté avant son rendez-vous avec Lars à Soho. Ce type avait de l'argent, envie de se lancer financièrement dans la mode, et il avait manifesté le plus grand intérêt pour sa proposition. Elle en frémissait encore.

Elle sortit son téléphone. Un appel en absence de Michael et un autre de sa famille. Elle ferma les yeux. C'était trop tôt. Elle n'était pas prête.

Un dîner marathon bien arrosé avec menu dégustation, ce n'était pas exactement ce que Tara aurait souhaité.

Après le sorbet au wasabi, son estomac chavira à la perspective de la mousse au chocolat blanc et noisettes rôties, accompagnée de son coulis de myrtilles. Difficile à énoncer d'une traite, et plus encore à avaler. Lorsqu'elle sortirait de là, il lui faudrait s'habiller en L.

Ce Lars était gentil — impossible de le décrire autrement. Et mignon, d'ailleurs, mais plutôt pour quelqu'un comme Fernanda que pour elle. Quand elle était avec un homme, elle voulait qu'il ait vécu, qu'il soit intelligent, qu'il parle d'autre chose que des stars de la téléréalité et du meilleur endroit pour amarrer son yacht. Mais un homme dans sa vie, ce serait pour plus tard. Pour le moment, elle n'avait que deux envies : que la soirée se termine et que sa vie reprenne gentiment son cours.

Elle consulta son téléphone. Ni appel ni message. Parfait. Une fois qu'elle en aurait terminé avec Paris, peut-être pourrait-elle s'arrêter pour se remettre à réfléchir ? Et déjeuner avec Michael ?

A moins que… « Mauvaise robe, cheveux en pétard, et en plus, charriée par ton homme des cavernes. » Elle aurait bien voulu ne plus y penser… Comment avait-elle pu se tromper à ce point ? Non, mieux valait garder ses distances avec Michael Cruz et se concentrer sur le défilé de la semaine suivante. Pour que les médias se polarisent de nouveau sur cet aspect de Devine Design. Quelques photos avec Lars constitueraient un bon point de départ pour remonter la pente.

Quand la main de celui-ci se posa au creux de son dos, elle fut prise d'angoisse. Il l'emmena dans un club où se tenait une exposition de photos. Elle n'avait pu refuser alors qu'ils venaient de conclure un partenariat.

A peine entrée, elle aperçut Michael, en compagnie d'Angelica. Oh non…

Elle aurait bien aimé faire demi-tour et s'enfuir. Pourtant, jamais elle ne l'avait trouvé aussi beau : debout devant les portraits géants de célébrités accrochés aux murs, il illuminait la salle, et elle ne pouvait détacher son regard de lui.

Lars la prit par les épaules, lui effleurant la poitrine. Immédiatement, le regard de Michael se braqua sur eux comme un missile et il crispa la mâchoire. Sa bouche sensuelle s'était réduite à une ligne pleine de colère et, à travers la salle, elle percevait l'énergie qu'il dégageait. Angelica prit son frère par le bras. Un fétu de paille face à un tsunami…

Tara fut gagnée par la colère. Pour qui se prenait-il, à la fin ? Certes, il avait dû attendre qu'elle réponde à son appel, mais elle avait été beaucoup trop occupée. Et accepter une invitation à dîner et à voir une expo avec Lars, ce n'était quand même pas un crime ! C'était un geste de politesse. D'ailleurs, elle n'avait pas caché à Michael qu'elle n'était pas prête à changer de mode de vie pour l'unique raison que lui le souhaitait.

Il avait tourné la tête à présent et parlait à un groupe de gens qui lui ressemblaient — des nantis qui portaient dans leurs gènes le charme et la classe. Elle ne faisait pas partie de ce monde-là, heureusement. Elle était si différente de lui ! Même si, à certains moments, elle se sentait totalement absorbée par lui, comme si nul au monde ne la comprenait aussi bien que cet homme.

Elle avait besoin de boire un verre. Même en lui tournant le dos, elle avait une conscience aiguë de sa présence, ce qui la gênait et la troublait à la fois. Après avoir vérifié qu'il n'y avait aucun journaliste à l'horizon, Tara se dégagea de l'emprise de Lars et fendit la foule.

Quelques personnes l'arrêtèrent pour la complimenter sur sa robe — une version rouge du fourreau de satin ivoire qu'elle portait le soir où elle avait rencontré Michael.

Incrustée de lanières de caoutchouc, en clin d'œil au fétichisme.

— Prends ça dans les gencives, Cruz, murmura-t-elle entre ses dents. Les gens aiment mes créations, que tu le veuilles ou non.

Elle dut aussi répondre à quelques questions concernant Lars, et encaisser en riant des commentaires sur sa sortie du club, la nuit précédente. Mieux valait éviter tout déchaînement médiatique.

Les huit verres de vin accompagnant les huit plats du menu offert par Lars étaient de contenance modeste, et elle les avait bus lentement, mais ses facultés étaient quand même émoussées. Au bar, elle en commanda un dernier pour la route.

« Tara », entendit-elle au moment où elle le portait à ses lèvres.

— Oui ?

— C'est tout ce que tu as à me dire ?

Elle ferait bien de ne pas s'attaquer à Michael en public, elle le savait, mais après tout, il n'était pas son ange gardien.

— Non. Je tiens également à te remercier pour les agréables moments que j'ai passés à justifier ton comportement d'homme des cavernes. Voilà cent fois qu'on me répète : « Qu'est-ce que tu nous as fait rire, hier, emportée par Michael Cruz comme une poupée de chiffons ! »

Elle se tourna alors vers le barman et lui tendit son verre vide pour qu'il la resserve.

— Tu ferais mieux de t'abstenir et de rentrer chez toi, dit Michael. Avec moi, de préférence. Tu as eu une journée difficile et tu as déjà trop bu. D'ailleurs, j'ai lu la presse et je comprends ce que tu ressens.

Sa voix était basse et inflexible. Contrôle absolu, aucune marge de manœuvre. Mais c'était à elle qu'il avait affaire, pas à une de ses sœurs. Ni à une femme idéale qui devait faire ce qu'on lui disait.

— Non, tu ne sais pas ce que je ressens. Tu te l'imagines, parce que tu t'imagines que tu sais tout. Mais tu ne sais rien de moi. Et n'essaie surtout pas de me faire sortir de force, ce soir !

Il s'approcha encore et la fixa de son regard sombre. Elle lui fit face, corps à corps — et quel corps, irradiant d'énergie… Il aurait été si simple de la prendre dans ses bras et de poser sur ses lèvres un baiser.

— Je ne te forcerai à aller nulle part. La nuit dernière, tu étais en train de t'enfoncer et ce soir, ça recommence. Le pire, c'est que tu n'as même pas envie de rester, c'est évident. Tout ça n'est que de la comédie, le grand show de Tara Devine.

— Tu me prends pour un clown ?

— Tu cherches la bagarre, mais je ne comprends même pas pourquoi.

Le barman lui avait apporté un autre verre. Rien qu'à le voir, elle eut un début de nausée.

— Non, je ne cherche pas la bagarre. Mais je tiens à rester moi-même. Je ne me donne pas en spectacle : jusqu'à ce que je te rencontre, je savais où je voulais aller et comment y parvenir. Depuis, je ne peux plus faire le moindre geste sans me poser des questions et tout fait problème, même de savoir quelle robe je vais mettre.

Elle se rendit compte que sa voix devenait de plus en plus aiguë et saisit son verre.

— Je ne sais même plus si j'ai envie ou non de boire ça, voilà où j'en suis par ta faute. Et j'ai raté l'appel d'un rédacteur vraiment branché. J'ai même failli oublier de prendre mon billet pour Paris tellement je perds la tête.

Elle avala d'un trait l'alcool fort, qui lui brûla la gorge.

— Tu te sens mieux ? demanda-t-il, cynique.

— Beaucoup mieux.

Du doigt, Michael lui effleura la joue.

— Pourquoi faut-il que tu choisisses toujours le chemin le plus difficile, Tara ?

Elle était aimantée par cet homme. Elle aurait tant aimé tendre la main pour le toucher. Se laisser doucement aller contre son corps tiède. Hélas, cela ne l'aiderait pas. Elle devait prendre ses distances.

— Je vais partir, *querida*. Je voudrais que tu m'accompagnes. Laisse-moi enfin prendre soin de toi.

— Un autre, s'il vous plaît, demanda-t-elle en hélant le barman.

— Tara, tu es vraiment décidée à te démolir ? Pour te retrouver dans le même état qu'hier ? Cette fois, je n'essaierai même pas de ramasser les morceaux.

— Je n'ai jamais eu besoin de personne pour le faire. Je prends soin de moi, merci quand même.

Il leva les mains et fit un pas en arrière.

— Tu sais où je suis et ce que je veux. Je ne t'ennuierai pas plus longtemps, tu as déjà fort à faire pour trouver ce qui te ronge littéralement de l'intérieur.

Tara saisit son verre, en avala le contenu et, fermant les yeux, savoura la brûlure au fond de sa gorge. Quand elle rouvrit les paupières, Michael avait disparu.

L'espace d'une seconde, elle faillit se lever pour lui courir après. Au lieu de cela, elle posa les deux mains à plat sur le comptoir et baissa la tête en ravalant le sanglot qui la secouait. Si elle se levait, elle n'était pas certaine que ses jambes puissent la porter. Ses yeux étaient pleins de larmes. Elle ne savait plus où elle en était ni où elle allait.

Soudain, un bras mince la prit par les épaules et la guida vers un coin de la salle. Angelica !

— Rattrape-le. Il ne cherche qu'à te faire du bien, je le sais. Et je suis convaincue qu'il t'aime.

Brusquement, les larmes inondèrent les joues de Tara. Pourtant, ce n'était pas le moment de se laisser aller, elle avait trop de choses à assumer dans les jours à venir. Courir après Michael, à quoi bon ? Pour s'excuser ? Pour lui dire qu'elle l'aimait ? Ridicule ! Elle n'était même pas sûre de savoir ce qu'était l'amour…

— Je ne peux pas, Angelica, bredouilla-t-elle. Entre nous, ça ne peut pas marcher. Je ne peux pas supporter qu'un homme contrôle ma vie. Le boss, c'est moi. Et de ce point de vue-là, Michael est pire que n'importe qui : il me réduirait à rien. En ce moment, dans ma façon de vivre et d'agir, j'ai déjà l'impression de ne plus m'y retrouver.

Elle serra la main de son amie et échappa à son étreinte. Il fallait qu'elle s'en aille, mais au moins elle aurait appris une chose dans cette histoire : il valait mieux qu'elle reste seule. Ce qu'elle éprouvait pour Michael, ce désir de se reposer sur lui, sur sa force, d'être absorbée par lui ne pouvait que lui faire du mal, si tentant qu'il soit.

En s'efforçant de sourire, elle s'essuya les yeux, redressa la tête et marcha jusqu'à la sortie.

11.

« C'est un jour comme un autre », n'arrêtait pas de se répéter Michael. S'il s'avisait de le considérer autrement, il risquait d'être pris dans la tempête qui s'était abattue sur ce coin de Catalogne. Heureusement, il avait laissé la maison aux filles pour tenter de se mettre à l'abri de ce déchaînement frénétique.

Il termina son troisième café de la journée et observa Sebastian, le fiancé d'Angelica. Il arrivait à comprendre qu'on choisisse volontairement de se laisser ligoter pour la vie.

Depuis quarante-huit heures, même Angelica, toujours si calme pourtant, présentait des signes évidents de stress. Fern, de son côté, jouait parfaitement son rôle habituel d'adolescente boudeuse : réponses monosyllabiques, puis tout d'un coup, sans sommation, envoi de missiles qui prenaient tout le monde par surprise. Il se demanda si au même âge il se comportait comme elle.

Ces six derniers mois, il n'avait pas fait grand-chose d'autre que travailler, toujours plus. Il se plongeait régulièrement dans de nouveaux projets et rapportait sans cesse du travail à la maison. Il n'était pas assez stupide pour s'imaginer que cela n'avait rien à voir avec ce qui s'était passé entre Tara et lui.

Quitter cette exposition sans l'obliger à l'accompagner, sans insister, avait été l'un des actes les plus difficiles qu'il ait jamais accomplis. Mais il fallait qu'il la laisse agir à sa guise, résoudre ses problèmes, réfléchir à sa propre existence ; même si ça le tuait — ou presque.

Il la revoyait parfaitement, accoudée à ce bar, dans sa robe de satin rouge. Un fantasme pour n'importe quel mâle. Mais Tara Devine, il l'avait compris, il le pressentait, n'appartenait qu'à lui. Même si, en descendant verre sur verre, elle avait tenu à se montrer fidèle au personnage qu'elle incarnait aux yeux du monde.

Il avait brûlé de la prendre dans ses bras, de lui montrer qu'elle valait mieux que cela, de lui dire qu'il aimait son courage, son intelligence, son ardeur. Mais s'il s'était de nouveau comporté en macho autoritaire, jamais elle ne le lui aurait pardonné. Il n'avait pas pris le risque et s'était résolu à lui accorder l'autonomie dont elle avait besoin. Il en payait encore le prix aujourd'hui, six mois après.

Pas un jour ne passait sans qu'il se demande qui il était vraiment et qui elle était, elle aussi. Pas une heure sans qu'il envisage de la retrouver et d'utiliser l'extraordinaire alchimie qui les unissait pour la soumettre à ce qu'il désirait : partager définitivement sa vie.

Bon sang, que lui arrivait-il ?

Et puis peut-être Tara ne parviendrait-elle jamais à résoudre les problèmes psychologiques enfouis dans sa jolie tête. Il avait eu tout son temps pour tenter de reconstituer la petite partie du puzzle qu'elle lui avait livrée. Enfant non désirée, coupable secret de sa mère, elle avait grandi dans la peur. Si elle en avait souffert durant toute son enfance, elle aurait besoin d'une sacrée dose d'amour pour compenser. Tout ce qu'il souhaitait, c'était qu'elle ait laissé la porte entrouverte à cet amour, et que ce soit le sien qu'elle ait envie de laisser entrer. Il fallait qu'elle se décide, d'elle-même. Jamais elle n'accepterait qu'on l'aide dans cette tâche. De son côté, cette porte, il allait falloir qu'il surmonte son désir quasi pathologique de la détruire.

Ce n'était qu'une question de temps, un jour, Tara réussirait à s'en sortir. Elle accepterait le soutien d'un homme, quelqu'un qui l'aiderait à traverser le torrent d'émotions où elle se trouvait plongée et à atteindre l'autre rive. Mais dans combien de temps ? Il avait suffisamment vécu pour savoir qu'on ne pouvait pas forcer son destin.

Il croyait en sa bonne étoile. Et il croyait aussi que la vie, on se la construisait soi-même. C'était précisément ce que Tara était en train de faire. Au cours des derniers mois, ses défilés avaient connu quelques succès ; aujourd'hui, elle commençait à vraiment décoller. Il arrivait quelquefois à Michael — enfin souvent, pour être honnête… — de consulter le blog qu'elle avait créé. Une façon de garder un œil sur elle tout en conservant ses distances. Elle était excellente dans sa façon de développer son profil en accord avec sa personnalité. De plus en plus de monde s'intéressait à elle, et elle commençait à acquérir une certaine crédibilité dans le milieu de la mode.

Exactement ce dont elle avait besoin : être approuvée et reconnue par des gens qu'elle respectait. Mais un jour elle finirait par comprendre que ce qui comptait, c'était qu'elle s'accorde elle-même du crédit. Elle constaterait ainsi le chemin parcouru. Il espéra qu'elle n'aurait pas trop longtemps à attendre.

Justement, ce jour-là, le blog de Tara revenait sur un sujet qu'il connaissait bien.

> Angelica Cruz et Sebastian Frietze, le mariage de la saison !
>
> Dans moins de vingt-quatre heures, la divine beauté catalane aura dit oui à son éternel amoureux, Seb Frietze.

Vous avez sans doute tous été sidérés que cette héritière demande à quelqu'un d'aussi sulfureux que moi de dessiner sa robe de mariée. Eh bien, attendez, et vous verrez ! Je ne veux pas vous tromper en prétendant qu'elle va remonter l'allée dans une robe en latex, et les dragées ne seront pas au poivre, mais vous risquez quand même d'en rester bouche bée.

Et Fernanda, sa demoiselle d'honneur, l'idole des jeunes ? Elle non plus, les filles, elle ne va pas vous décevoir. A propos, mieux vaut ne pas trop ajouter foi à la rumeur qui prétend que tous les mâles porteront des masques d'hommes des cavernes…

La vilaine petite sorcière ! Cette pique lui était destinée, allusion à l'image conservatrice de lui qu'elle s'était tant plu à écorner. Il sourit et, du doigt, agrandit l'image de Tara sur l'écran. Il adorait son visage, l'intelligence moqueuse de son regard, sa dent légèrement de travers, ses lèvres faites pour les baisers qu'il regrettait tant. Oui, il souffrait et il l'aimait.

Quand s'en était-il aperçu ? C'était une des questions qu'il n'en finissait pas de se poser. Trop de souvenirs. Trop de moments privilégiés. Sans doute ce matin-là, dans sa cuisine, enveloppée de cette robe de chambre trop grande pour elle, dépouillée de tout ce qu'elle croyait être « Tara ». Plus de coiffure extravagante, plus de maquillage, plus de vêtements insensés. Une femme, tout simplement, et la plus adorable du monde.

« Eh bien, mademoiselle Devine, nous allons bientôt nous revoir », songea-t-il. Il fallait qu'il trouve la bonne attitude, car tout en dépendait. Pendant qu'elle récoltait les récompenses de la Fashion Week, il s'était tenu à l'écart pour qu'elle ait toute liberté d'engranger de nouveaux succès. Et il avait même réussi à éviter de parler d'elle avec Angelica, malgré tous les pièges que lui avait tendus sa sœur. Lorsque la jeune Anglaise était venue chez eux pour un essayage de dernière minute, il avait vaillamment résisté à la tentation de la revoir. Mais dans moins de deux heures, ils allaient se retrouver face à face.

Et cette fois, il était bien décidé à faire mouche…

Les doigts de Tara étaient gourds et son cerveau tout embrumé. Angelica était debout devant elle et Fernanda assise à côté, téléphone en main.

Le grand jour était arrivé. Tara n'aurait pas pu rêver meilleur modèle pour exalter ses talents de styliste. La beauté classique d'Angelica mettait en valeur l'aspect légèrement décalé de sa robe si féminine. Sur une autre, elle-même par exemple, sa création aurait pu paraître un peu trop structurée et provocante. Mais sur Angelica, elle était divine.

Elle aurait dû être ravie. Anxieuse, mais ravie. Elle vivait l'apogée de semaines de collaboration fructueuse, et les autres membres du clan Cruz dévoraient la future mariée des yeux. Pourtant, elle n'arrivait pas à croire que Michael ait pu sortir de sa vie comme ça. Des semaines durant, suite à leur dernière rencontre lors de la soirée avec Lars, elle avait été convaincue que l'homme des cavernes allait revenir chercher sa proie.

Mais il n'était pas revenu. Ni appel ni texto. Pas le moindre contact. Un vide immense s'était substitué à leur accord parfait, à la fois physique et mental. Elle en souffrait affreusement. Même la somme de travail générée par ses succès ne suffisait pas à combler ce vide. Mettre un pied devant l'autre et respirer lui coûtait davantage qu'elle ne l'aurait jamais cru possible.

Elle avait quand même trouvé le temps de faire le bilan de sa vie, et ce qu'elle avait découvert n'était pas joli-joli. Pas du tout…

Le maquilleur et le coiffeur terminaient leur tâche. Pour sa part, elle avait préféré décliner leurs services : aujourd'hui, elle n'avait aucune envie de se mettre en valeur. Sa propre robe aussi était neuve, et témoignait d'un changement certain dans son humeur et son inspiration. Une nouvelle façon de concevoir sa personnalité et sa propre féminité. Mais elle aurait menti si elle avait prétendu l'avoir dessinée sans penser que les yeux de Michael allaient se poser sur elle.

Dans deux heures à peu près.

L'anxiété de Sebastian semblait à son comble, et il l'avait généreusement transmise à Michael, qui faisait les cent pas au pied de l'escalier en attendant l'arrivée de sa sœur, de sa demoiselle d'honneur… et de la créatrice de sa robe. Seul point positif : il ne pouvait être vu des deux cents proches rassemblés dans le jardin.

Evidemment, Angelica serait en retard et il s'écoulerait des heures avant qu'il parvienne à parler à Tara. Pour faire le point, voir où chacun allait et s'assurer que ce serait ensemble.

En entendant du bruit dans l'escalier, la tension et l'excitation déferlèrent sur lui comme une vague géante. Des voix trop aiguës et légèrement teintées d'hystérie. En voyant ses sœurs, il ne put dissimuler sa stupéfaction : jamais Angelica ne lui avait paru aussi belle, et Fernanda était plus spectaculaire encore que de coutume. Son regard chercha avidement la petite blonde qui se dissimulait derrière elles. Elle apparut soudain, ses yeux bleus croisèrent les siens, et le monde s'éclaira.

Leurs regards ne se quittaient plus. Celui de Michael essayait de dire à Tara qu'il l'aimait, qu'elle lui avait manqué et que, cette fois-ci, il ne la laisserait pas partir sans se battre. Puis il ouvrit les bras pour serrer sa sœur contre son cœur avant de la regarder avec une immense fierté. C'était son jour de gloire, il était son frère, et il ferait tout pour que son mariage commence sous les meilleurs auspices.

Angelica était rayonnante. Une vraie déesse de la volupté descendue sur Terre. Jamais il ne l'avait vue sous ce jour. Une larme brillait au coin de ses yeux. Elle s'immobilisa pour laisser Tara rassembler sa traîne. Celle-ci semblait satisfaite du tombé des plis de dentelle et de satin blanc. Angelica lui prit les mains.

— Je suis tellement, tellement heureuse que vous soyez là tous les deux.

Si Tara savourait les compliments des invités, tout autant que le bonheur d'Angelica et la joie de Fernanda, elle se délectait des attentions dont la comblait Michael. Toute la journée, il avait gardé les yeux fixés sur elle, comme ensorcelé. Plus beau, plus puissant, plus solide, plus intelligent et plus aimable qu'aucun homme qu'elle ait connu.

En le voyant s'approcher d'elle, elle sut que leur heure était enfin venue.

— Tara.

Elle posa la flûte de champagne à laquelle elle n'avait pas touché.

— Tu m'as manqué, reprit-il en l'embrassant sur la joue avant de la prendre par la taille.

— Toi aussi, tu m'as manqué.

Elle se laissa entraîner dans un coin discret. La fête

commençait à peine et les invités se pressaient devant le buffet. Elle avait terminé son travail, mais lui avait encore fort à faire. Ce moment ne pourrait pas s'éterniser.

— Tu es tout simplement superbe déclara-t-il.

Elle s'assit à côté de lui et l'observa du coin de l'œil. Sans son bronzage estival, sa peau était plus pâle, mais ses lèvres restaient toujours aussi pleines et son regard aussi velouté.

— C'est si… si bon de te voir, Michael, dit-elle en lui effleurant le visage du bout du doigt.

Il lui prit la main pour en embrasser la paume. Brusquement, leur complicité physique incandescente, qui lui avait tant manqué, s'embrasa en elle avec une intensité qui la choqua. Il le devina sans doute car il sourit en la sentant frémir.

— Cette séparation n'a que trop duré, *querida*. Mais nous avions tous deux besoin de mettre une distance.

— Tu crois vraiment ?

Tara au contraire avait attendu qu'il reprenne contact. En vain.

— J'ai souvent pensé à toi, avoua-t-il. Chaque jour. Peut-être chaque heure.

Il lui sourit, et elle voulut savoir si leurs baisers demeuraient aussi délicieux que dans ses rêves. Elle se pencha vers lui, ferma les yeux, et la bouche de Michael se posa sur la sienne. Elle lui glissa la langue entre les lèvres. Sensation merveilleuse. Brûlante. Parfaite. Sous sa main, elle éprouva la fermeté de son bras.

— Je l'espère bien, fit-elle en s'écartant un peu.

Il lui prit le visage entre les mains, un geste qui n'appartenait qu'à lui.

— Tara, si je t'avais obligée à me suivre, tu ne me l'aurais jamais pardonné.

— Cela aurait abrégé mes souffrances.

— Les miennes aussi. Pour moi, une femme n'est pas

un trophée. J'ai besoin d'une partenaire, de quelqu'un de fort et indépendant, pas d'une princesse.

Vraiment ? Elle sourit. Revirement total. Elle ne pouvait concevoir que le Michael Cruz qu'elle connaissait ait prononcé ces mots.

— Pourtant, tu es le prototype parfait du mâle dominant. Rappelle-toi notre première rencontre, à cette fête, quand Fernanda se cachait et qu'Angelica s'est servie de moi pour détourner ton attention. Sans parler de la façon dont tu m'as séduite, au point que j'ai sauté de moi-même dans ton lit. Rien à voir avec le comportement d'un féministe militant, tu avoueras !

Il ne put s'empêcher de rire.

— Bon, n'insistons pas sur mon féminisme militant, qui reste davantage un projet qu'une réalité, je le reconnais.

Tara sourit à son tour, complice. Il semblait en progrès. Jamais elle ne se serait attendue à entendre ces mots dans sa bouche.

— Mais rappelle-toi aussi que je suis responsable d'une fille extraordinaire mais encore très jeune. Si je ne m'étais pas montré ferme vis-à-vis de Fernanda, où en serait-elle aujourd'hui ? Elle prend son travail très à cœur, tu le sais.

— Comme son grand frère.

Il l'embrassa de nouveau. A ce moment-là, Sebastian s'approcha d'eux.

— Désolé, Michael, mais Angelica te demande.

Un instant il donna l'impression de ne pas avoir entendu, mais son visage finit par se radoucir.

— J'arrive, répondit-il à son beau-frère, avant de se tourner vers elle. Il faut que je règle ce problème mais ensuite, nous devrons prendre le temps de parler. Calmement, sans nous laisser distraire par le désir que nous éprouvons l'un pour l'autre. Pour dissiper le malentendu qui plombe notre relation depuis le début. D'accord ?

Elle acquiesça d'un signe. Même si parler était bien la dernière chose dont elle avait envie. Elle n'avait qu'une idée en tête : se retrouver nue entre les bras de cet homme merveilleux. Rester tranquillement assise en face de lui tout habillée lui apparaissait comme une épreuve destinée à tester sa force de caractère.

— Je resterai là jusqu'à ce que tu reviennes. Cette journée est merveilleuse, et je suis ravie de pouvoir la partager avec Angel et Seb.

Il posa un baiser rapide sur ses lèvres et s'éloigna, grand, très droit, si maître de lui-même et du monde. Elle tapota son chignon, d'où s'étaient échappées deux épingles, puis se leva pour monter dans sa chambre. Elle allait consulter ses messages, prendre un verre de thé et changer de chaussures.

Tara s'assit à sa coiffeuse et ôta les superbes escarpins dessinés par une collègue avec qui elle travaillait en partenariat. Ils produisaient leur effet, mais pas question de terminer la journée avec.

Son téléphone sonna. Elle le regarda sans décrocher avant de contempler son reflet dans le miroir. Bien qu'il n'ait fait aucun commentaire, Michael avait sûrement remarqué son changement de look. Comme tout le monde. Elle restait Tara Devine, mais de façon plus douce, moins agressive. Cette saison, elle avait continué à privilégier un style près du corps et sexy, mais avec davantage de dignité et une pointe de mystère. Moins haut sur les cuisses. Moins décolleté.

Son téléphone s'était remis à sonner. En le consultant, elle s'aperçut que de nombreux messages étaient arrivés. Sans les ouvrir, elle sut qui en était l'auteur.

Elle se laissa tomber sur le lit. Lors de ses derniers

contacts avec sa famille, elle avait appris qu'*il* était malade et lui demandait de rentrer. Ils devaient avoir perdu la tête, s'était-elle dit. Ils avaient fait encore deux tentatives pour renouer.

Toutefois, elle s'était demandé si le moment n'était pas venu d'en parler à quelqu'un et avait cherché le numéro d'un thérapeute. Elle en doutait, mais cela avait peut-être quelque chose à voir avec l'influence positive que Michael avait eue sur elle. Peut-être était-il temps de s'attaquer à ses névroses, mais alors, tout remonterait à la surface. Il avait dû se passer quelque chose d'important, là-bas, chez elle, et il allait bien falloir qu'elle gère aussi ce problème…

En voyant la porte s'ouvrir sur Michael, elle réalisa qu'elle était depuis très longtemps plongée dans ses pensées. Il s'approcha d'elle. Ils n'échangèrent aucun mot : il savait déjà et sa simple présence suffisait à la réconforter. Comme si on la soulageait d'un énorme poids. Mais elle devait aller plus loin encore.

— J'ai reçu des nouvelles de chez moi, dit-elle en s'asseyant sur le lit.

Ils échangèrent un regard rempli d'amour. Aucun mot n'était nécessaire, elle avait compris à quel point il l'aimait. Il y avait bien plus important que ces vieux squelettes dans le placard. Ils auraient à régler des problèmes pratiques. Par exemple, comment réussirait-il à supporter l'humeur de Tara si le côté « années 50 » de sa dernière collection était peu apprécié par les journalistes spécialisés, ou si les maquilleurs avaient abusé d'ombre à paupières sur les mannequins ? Les gens avaient du mal à le comprendre, mais c'était le genre de catastrophe qui la déprimait au dernier degré.

— Tara, si tu veux me parler de ces nouvelles ou partager quoi que ce soit avec moi, je suis là, *querida*.

Il avait l'air si inquiet ! C'était comme boire un délicieux élixir. Elle l'embrassa.

— Je sais. Et je te promets de tout te dire. Mais pas aujourd'hui, pas le jour d'Angelica. Tu crois vraiment pouvoir t'échapper, ne serait-ce que dix minutes ?

— Tu sais, ce qui les étonne, c'est que je n'aie pas disparu plus tôt. Nous nous étions promis de parler et nous devons le faire. Avant cela, sache que jamais je ne me lasserai de toi. Jamais.

Il posa sur ses lèvres un baiser dont la force la stupéfia, et qu'elle s'empressa de lui rendre.

— Tara, je t'aime. Je ne te l'avais pas encore dit.

— Tu n'avais pas besoin de me le dire. Je le sais, je le sens. Moi aussi, je t'aime.

En riant, il lui couvrit le visage de baisers.

— Mais il faudra que nous nous mettions d'accord pour savoir qui est le chef, reprit-elle.

— Toi, sans conteste. Tant que tu ne dépasses pas les bornes. Mais j'ai l'impression qu'un peu d'activité physique me ferait du bien, déclara-t-il en l'allongeant sur le lit.

— Ça ne me ferait pas de mal à moi non plus. Si je veux rester le chef, je dois me maintenir en forme.

Tandis qu'ils se déshabillaient, Tara comprit qu'elle n'avait plus besoin de se protéger, ni de se battre, ni d'avoir peur. L'homme de sa vie la prit dans ses bras, se glissa en elle, et ils se balancèrent doucement jusqu'à l'orgasme.

Puis ils restèrent étendus, unis dans un souffle tiède de bonheur, en parfaite connexion, tandis qu'elle lui répétait qu'elle l'aimait, encore et encore.

Épilogue

Dès que le dernier mannequin eut fini de défiler, Tara se jeta dans les bras de Fernanda et d'Angelica. Cette dernière avait exceptionnellement accepté de présenter quelques modèles de la collection de robes de mariée, car la sienne avait fait le buzz dans tous les médias. Mais Tara tenait à garder secrets les croquis qu'elle avait commencés pour sa propre tenue, même si, désormais, elle partageait tout avec Michael. Il ne la verrait que le grand jour, dans six mois.

Elle sourit à ses amies. Quelle équipe !

Fernanda, de loin le modèle le plus doué qu'elle ait jamais connu, était devenue la chouchoute de la presse et l'égérie d'une des plus célèbres maisons de couture françaises — ce sans pour autant abandonner ses études. Les nouvelles fonctions d'Angelica à l'Unicef l'occupaient énormément, mais Tara était convaincue qu'elle n'allait pas tarder à leur annoncer une nouvelle plus personnelle car sa taille s'était légèrement épaissie…

Aujourd'hui, en découvrant les réactions de quelques personnes dont le jugement la terrifiait habituellement, Tara avait senti se défaire le nœud qui lui tordait l'estomac. Sans cesser d'enlacer ses amies, elle s'avança vers le public, sous les applaudissements. Assis au premier rang, Michael — sans conteste le plus bel homme de la salle — faisait du charme à sa voisine, une redoutable fashionista. Il avait l'air de nager dans le bonheur. Lorsque leurs regards se croisèrent, son euphorie s'accrut à la pensée de son amour et de la fierté qu'il devait éprouver. Elle se pencha vers lui et il lui sourit en retour.

A chaque étape, il avait été présent pour montrer au monde entier, et à elle surtout, que, même s'il ne portait le plus souvent que de stricts costumes d'homme d'affaires, il appréciait son talent et sa créativité.

En cet instant, le chef, c'était bien elle. Mais ce soir, quand leur relation prendrait un tour plus physique, Tara serait toute prête à réétudier la question…

Retrouvez prochainement, dans votre collection

AZUR

L'enfant de Rio Bardales, de Kim Lawrence - N°4312
« C'est ma fille. » Les mots de Rio Bardales font frémir Gwen. Car, jusqu'ici, le redoutable milliardaire ignorait qu'il était père. Certes, lors de leur rencontre trois ans plus tôt, il s'était montré parfaitement clair : leur liaison serait nécessairement éphémère – et elle l'avait été. Mais aujourd'hui tout a changé : Rio s'est découvert une enfant et la revendique comme son héritière. Pire, alors qu'il n'éprouve aucun sentiment pour Gwen, il exige qu'elle devienne son épouse !

Le secret d'un homme d'affaires, de Cathy Williams - N°4313
Secrétaire particulière du très exigeant Matt Falconer, Violet a l'habitude de faire face à toutes sortes de situation, pour les régler avec son efficacité légendaire. Or, aujourd'hui que son patron se tient devant sa porte, elle se sent désarmée, impuissante. Car elle attend un enfant de lui ! Parce que tous deux se sont égarés au cours d'une nuit aussi folle que passionnée, Violet doit-elle accepter le mariage de convenance que lui propose Matt, alors qu'il n'a jamais été question d'amour entre eux ?

Sombres noces italiennes, de Caitlin Crews - N°4314
Elle doit l'épouser. Peut-elle choisir de l'aimer ? Pour l'innocente Angelina, un mariage avec Benedetto Franceschi devrait être terrifiant. L'énigmatique homme d'affaires italien n'a-t-il pas vu disparaître ses six précédentes compagnes dans des circonstances mystérieuses et inquiétantes ? Pourtant Angelina n'a pas peur, si ce n'est des sentiments intenses que son fiancé fait naître en elle. Auprès de lui, dans son château bâti sur une île isolée, elle se découvre une autre femme, pleine de désir…

La promise piégée, de Pippa Roscoe - N°4315
Ella est aussi innocente que Roman est sombre. Et leur rencontre dans un bois dense n'est en rien le fruit du hasard… Au contraire, c'est la vengeance chevillée au cœur que Roman aborde la jeune femme pour la séduire. Comme il l'avait envisagé, quelques beaux discours et des baisers tendres suffisent à convaincre Ella qu'il est digne de confiance. Mieux encore, l'homme idéal. Piégée par l'amour, la douce sera bientôt son épouse, et il sera temps alors, pour Roman, de lui révéler sa vraie nature…

Un contrat devant l'autel, de Chantelle Shaw - N°4316
Rien ne se passe comme prévu, pour Leah. Fiancée au gentil James, la voilà soudain seule devant l'autel… et contrainte d'épouser le sulfureux Marco De Valle. Cet homme sombre, et dont la cicatrice au visage rehausse la virilité, lui inspire un désir coupable. Car, entre eux, il ne s'agira que d'une union de convenance, permettant à Leah de toucher son héritage et à Marco d'offrir une figure maternelle à son fils, Nicky. Mais, à mesure que les époux se rapprochent, la tentation devient forte de donner à leur mariage une tournure sensuelle…

Cette nuit avec un prince, de Lynne Graham - N°4317
Un dernier péché avant de subir la pénitence d'un mariage… Contraint de prendre femme pour donner à son peuple l'héritier qu'il attend, Rafiq al-Rahman, prince du Zenara, décide de s'offrir quelques heures de liberté dans les bras d'une inconnue. L'innocente Izzy, femme de chambre dans le palace où il séjourne en Angleterre, est exactement celle qu'il recherche ! Non seulement elle ignore tout de son statut royal, mais ses manières naïves et la douceur de son regard représentent un défi supplémentaire pour lui. Et surtout, la promesse d'une nuit inoubliable…

La passion de Gia, de Jennifer Faye - N°4318
SÉRIE : *L'HÉRITAGE DES BARTOLINI* - 2/3
Elle n'est pas une Bartolini. Face à cette révélation qui fait éclater tous ses repères, Gia est aussi bouleversée que déterminée à retrouver son père biologique. Partie à la recherche de ses origines, elle arrive sur la petite île italienne de Lapri. Et, plus précisément, sur le pas d'une maison abandonnée dont le nouveau propriétaire l'accueille avec froideur. Riccardo Moretti est en effet persuadé que Gia est une intrigante, jusqu'à ce qu'elle lui raconte son histoire. Bientôt pourtant, tandis que la passion flambe entre eux, une question vient tarauder Gia. Se pourrait-il qu'en renouant avec son passé elle ait trouvé l'homme qui partagera son avenir ?

Liée à un Xenakis, de Maya Blake - N°4319
SÉRIE : *AUDACIEUX MILLIARDAIRES* - 2/2
Il y a deux mois, je me rendais chez Neo Xenakis pour m'excuser de l'erreur terrible que j'avais faite, et qui lui était préjudiciable. Seulement voilà, la passion a brusquement pris le dessus et, d'un regard intense à un baiser brûlant, je me suis retrouvée dans le lit du puissant Grec. Que dois-je faire aujourd'hui ? Avouer à Neo que j'attends un enfant de lui ? Parce qu'il est persuadé de ne pouvoir engendrer d'héritier, me croira-t-il quand je lui révélerai que notre unique nuit d'amour nous a liés à jamais ?

La révélation d'une maîtresse,
de Dani Collins - N°4320

SÉRIE : *FRÈRES RIVAUX* - 2/2

Neuf mois. Cela fait neuf mois que Javiero Rodriguez n'a pas revu Scarlett Walker. Aussi est-il stupéfait de la retrouver sur le point d'accoucher de son enfant ! Bien qu'il n'ait jamais envisagé de fonder une famille, il décide aussitôt d'assumer ses responsabilités en épousant Scarlett. Après l'enfance désastreuse qu'il a vécue, il veut offrir à son fils un foyer stable. Reste à convaincre Scarlett qu'une union de convenance est la seule option possible pour eux, malgré la passion qui les unit autant qu'elle les oppose...

La conquête d'une princesse,
de Rebecca Winters - N°4321

SÉRIE : *PRINCESSES ET MARIÉES* - 1/3

En tant que princesse, Lanza connaît son devoir. Bientôt elle épousera Stefano, le prince d'Umbriano, qu'elle n'a jamais rencontré. Cette union de pure convenance, décidée par leurs familles respectives, permettra une alliance entre leurs deux royaumes ; c'est une promesse de paix, et elle compte bien l'honorer ! Seulement, sa rencontre avec son futur époux la bouleverse. Stefano fait aussitôt battre son cœur, si bien que Lanza se prend à rêver que leur mariage puisse faire éclore de tendres sentiments...

Une héritière à dompter,
de Sharon Kendrick - N°4322

Plus jeune, Loukas Sarantos n'était qu'un simple garde du corps. Désormais, il est l'un des hommes les plus riches de la planète et peut s'offrir tout ce qui lui plaît. Alors, si son choix d'investissement s'est porté sur Lulu, une entreprise de bijoux aux ventes déclinantes, il ne s'agit pas d'un hasard. Non, s'il a racheté la firme, c'est pour avoir du pouvoir sur son égérie, Jessica Cartwright. Jessica, celle qui lui a brisé le cœur des années plus tôt, en refusant sa demande en mariage sous prétexte qu'il n'était pas assez riche pour la satisfaire. Mais aujourd'hui l'heure de la vengeance a sonné : Loukas tient le destin de Jessica entre ses mains...